扬州的鳞爪

石任之　著

中国三峡出版传媒
中国三峡出版社

图书在版编目（CIP）数据

扬州的鳞爪 / 石任之著 . — 北京：中国三峡出版社，2022.12

ISBN 978-7-5206-0184-9

Ⅰ . ①扬… Ⅱ . ①石… Ⅲ . ①古典诗歌—诗集—中国 Ⅳ . ① I222

中国版本图书馆 CIP 数据核字（2021）第 007053 号

责任编辑：李　东

中国三峡出版社出版发行
（北京市通州区新华北街 156 号　101100）
电话：（010）57082645　57082577
http://media.ctg.com.cn

北京世纪恒宇印刷有限公司印刷　新华书店经销
2023 年 1 月第 1 版　2023 年 1 月第 1 次印刷
开本：787 毫米 ×1092 毫米　1/32　印张：8.25
字数：135 千字
ISBN 978-7-5206-0184-9　定价：45.00 元

序言

要在中国这样广袤与悠久的国度中成为名城，其历史风物必然有与众不同之处。扬州作为其中一座，是怎样一座城市？为什么说“腰缠十万贯，骑鹤上扬州”？为什么要“烟花三月下扬州”？

这些都要从扬州的繁华说起。扬州给人最强烈的印象，大概就是珠翠笙歌，烟花盛景，以及春风。扬州似乎是与春风最相称的城市，从唐人杜牧的“春风十里扬州路”，到宋人司马光的“一市春风酒并垆”，扬州在诗中留下的，多是春天一样轻明鲜艳的色调。《资治通鉴》记述唐昭宗李晔景福元年（892）大事时说：“扬州富庶甲天下，时人称扬一益二。”在当时人的心目当中，扬州是最繁华的所在，与之相比，有“天府之国”美称的成都还要屈居其次。这样的排序在诗人的笔下尤为诗意，于是好景歌吹就成了扬州的底色。

譬如李洞《送韦太尉自坤维除广陵》诗说：“隔海城通舶，连河市响楼”，陈羽《广陵秋夜对月即事》有：“月中歌吹满扬州”，姚合《扬州春词》赞美扬州：“春风荡城郭，满耳是笙歌”，还有杜牧《题禅智寺》那句著名的“谁知竹西路，歌吹是扬州”，似乎把一千多年前的声音传到了我们的耳边。扬州是那么美好，异乡人向往来到这座城市，城内的人则沉醉于美景良辰赏心乐事之中。那句言志之语，“腰缠十万贯，骑鹤上扬州”，则融合了三个不同的愿望，即财运亨通、骑鹤升仙和为官扬州——第三个愿望本来是做扬州刺史，但刺史做不做并不重要，重要的是能来到扬州，能在此纵游饱览，那便是最大的满足。

在对扬州的赞美上，唐代诗人张祜诗作《纵游淮南》语气更为夸张：

十里长街市井连，月明桥上看神仙。

人生只合扬州死，禅智山光好墓田。

《唐阙史》所记所述是这首诗最好的佐证："扬州，胜地也。每重城向夕，倡楼之上，常有绛纱灯万数，辉罗耀烈空中。九里三十步街中，珠翠填咽，邈若仙境。"诗中的"十里"在此是虚指，正是指那九里三十步仙境一般的街市。而在明月桥头所看到的，正是那些打扮得如同神仙一般的歌女。数十年后的唐末词人韦庄也只道"游人只合江南老"，张祜却在这里说"人生只合扬州死"——活着的人有神仙胜境般的歌舞可看，至于亡者也有好去处：前身为隋炀帝旧苑的禅智寺，便可做流连此地的游人的墓田。这首诗对于古人有那么一点微讽，但于扬州的风光却是抵死赞叹。唐代以来，扬州在人们心中的地位，大约便如19世纪巴黎之于欧洲人一般。

现在的扬州市位于江苏省中部，地处江淮平原的南端，长江的北岸。但这里何以一度被称为江南？扬州又曾在历史上有过哪些别称？我们先从地理上解决何处是扬州的问题。

推本溯源，东南巨邑扬州的繁华，很大程度上仰赖其地理位置，其中非常重要的一点就是大运河的开凿。晚唐诗人皮日休曾在诗中反思隋炀帝的功过："若无水殿龙舟事，与禹论功不较多。”隋炀帝开凿运河靡费无算，最终身亡国覆，但运河对扬州而言，实在太重要了。运河的开凿，使得扬州成了南北漕运的咽喉，而明清盐业的发展，又使这座城市氛围更为靡丽奢侈。于是扬州便带了许多烟火气、人气，城纳百工，市列百品，而它的繁华之中，多少带有一些令君王儒士不能完全赞同的奢侈。

每当大时代嬗变的时候，扬州都不免卷入战火，天下佳丽之地一变而为战尘飘飞之所。扬州现存的古迹中，唐人的遗迹已不可追摩，但唐人的诗还在，还能于诗中遥想隋炀帝的葬身处，遥想二十四桥在哪里，遥想当年栖灵塔的高峻，遥想瓜洲渡的繁荣。而宋人的遗迹，也还能从屡废屡建的平山堂和古茱萸湾边的禅智寺遗址上，怀想一二。不过现在人们印象中的扬州，很大程度上是清代那个盐商与文士汇聚的扬州。以奢侈闻名天下的扬州盐商，既在物质享受上花样百出，也在艺术追求上孜孜不倦，这才出现了大盐商兼大藏书家马曰琯、马曰璐兄弟的小玲珑山馆。而正是因为有市场的需求和城市的繁荣，也才吸引来“扬州八怪”等文人艺术家。高度的商业化使得扬州在文脉上便有点不同，巨贾小商不妨为饱学风流之士。清代诗词作品流传数量庞大，诗人经历更贴近于今人的历史想象，此地的诗情不减盛唐。王士禛用虹桥修禊、用诗歌淡化了新朝与明代遗民之间的心灵隔阂，而曹寅等人则是在扬州的天宁寺内完成了《全唐诗》的编纂刻印，完成了一次文治的盛举。

战争是残酷的，但扬州因为史可法而获得了一种不朽的精神，梅花岭前的史公祠便是这座城市屹立的风骨。艺坛宗师吴让之遭逢战乱身世凄凉，他也在自己的词中，又一次引入了“芜城”的意象。时代曲折前行，扬州的气质也在悄然变化。瘦西湖的兴废，在其园林旧主人身份的变化上显示了历史的谑而不虐。而中西合璧的晚清第一名园何园，其主人何芷舠的际遇，则有着许多近代士人共通的情结。

朱自清在《扬州的夏日》一文中说：“扬州从隋炀帝以来，是诗人文士所称道的地方。称道得多了，称道得久了，一般人便也随声附和起来。直到现在，你若向人提起扬州这个名字，他会点头或摇头说：‘好地方！好地方！’特别是没去过扬州而念过些诗词的人，在他心里，扬州真像蜃楼海市一般美丽。”作为一个在扬州生活的异乡人，想借此书讲述的，正是由诗词引入，因朝夕日常而拾起的历史点滴。徐志摩有篇名文《巴黎的鳞爪》，写他对巴黎的印象和经历，而此书所及，可谓“扬州的鳞爪”。扬州的“鳞爪”具有浓浓的诗的意境。让我们撷取这片片鳞爪，还原古代扬州的美好与繁盛。

目　录

江南何处觅扬州

——扬州的名与实

梁武帝天监十三年（514），殷芸受命开始编撰《小说》，这是第一部以小说为名的短篇小说集。其中有一则故事，颇能窥到南朝扬州的繁盛："有客相从，各言所志，或愿为扬州刺史，或愿多赀财，或愿骑鹤上升。其一人曰，腰缠十万贯，骑鹤上扬州，欲兼三者。"后人常缩略引"骑鹤上扬州"一语。在古人心中，不必做刺史，不必腰缠十万贯，控鹤飞仙也是为了领略扬州风物。

唐时，长安城外的帝国，以扬州景致最盛。在描写扬州的诗中，徐凝的《忆扬州》最为人称道：

萧娘脸薄难胜泪，桃叶眉头易得愁。

天下三分明月夜，二分无赖是扬州。

虽为思人之诗，情意绵绵，却因后两句的风流蕴藉，已在诸多读者的叠加诠释中渐渐隐去对美貌少女的思念，而成为了扬州一城的美好象征——天下明月的光辉如果能分成三份，那么扬州竟要占去三分之二，这一比喻之夸张不亚于南朝大诗人谢灵运称美曹植“天下才共一石，曹子建独得八斗”，但却又显得那么理所当然——一天一地竟占去大半风流。而到了王建笔下，《夜看扬州市》又是：

夜市千灯照碧云，高楼红袖客纷纷。
如今不似时平日，犹自笙歌彻晓闻。

这个市是市场、街市之意。街市夜景千灯齐燃，烛照天边。而高楼之上，美人与宾客簇簇纷纷。结语讽意甚浓，虽然不是太平光景，扬州却仍是如此通宵达旦歌舞宴乐。

自东晋“衣冠南渡”，江南开发日盛，扬州逐渐成为中国经济最发达的地区。有一个说法叫作“扬一益二”，认为当时扬州的经济发达程度只有“南京”成都（由于安史之乱后唐玄宗曾在成都避难，根据唐代惯例，成都在唐肃宗至德二年便被称为“南京”。李白诗《上皇西巡南京歌十首》里的"南京"即成都。清代学者王琦注李白此诗时便说："蜀地居天下之西，而谓之南京者，以其在长安之南故也。"）可与之相媲美，甚至超过了长安、洛阳，为天下最繁华之处，唐代《元和郡县志》称："扬州与成都号为天下繁侈，故称扬、益。"益即益州，为成都的古称。在唐代的时候，扬州和成都就是天下最繁华的所在。

唐人卢求《成都记序》这篇赞美成都的文章说："大凡今之推名镇为天下第一者，曰扬、益。以扬为首，盖声势也。"他认为时人推重扬州超过益州，是因为"声势"的关系，这里的"声势"一词，应当做声调的意思来理解，因为扬字是比较昂扬的平声字，益字则是较为短促的入声。古汉语中四声分明，排序也往往依照平上去入的次第，比如李杜（上去）、韩柳（平上）、元白（平入）。虽然此话是辩解，却也证明了唐人普遍将扬州视为首屈一指的名邑，成都总要往后站的。杜荀鹤《送蜀客游维扬》诗曰"见说西川物景繁。维扬景物胜西川"，更是对蜀人夸赞起扬州来。到了宋代，《资治通鉴》记述唐昭宗李晔景福元年（892）大事时，直言："扬州富庶甲天下，时人称扬一益二。"

南宋的洪迈在《容斋随笔》中引用了数首唐诗论唐代扬州之盛，以发今昔之慨，其中便包括开篇提到的两首（诗略），其论有云：“唐世盐铁转运使在扬州，尽干利权，判官多至数十人，商贾如织。故谚称‘扬一益二’，谓天下之盛，扬为一而蜀次之也……其盛可知矣。”也引起唐人“扬一益二”的谚语。

有意思的是，如此令人歆羡向往的扬州，到底属于江南还是江北呢？按照杜牧诗里的说法，“秋尽江南草未凋”，还有王建《江南三台》的“扬州桥边小妇”，刘希夷《江南曲》里的“暮春三月晴，维扬吴楚城”，诗人笔端可生神鬼，扬州似乎应属于江南了。且烟花三月青山呈梦，碧水邀船，花间春信，楼上春寒，兼之绮楼朱户，自古繁华，就像张祜诗里描绘的那样，“小巷朝歌满，高楼夜吹凝。月明街廓路，星散市桥灯”。句底扬州似乎便与江南云水乡无异，歌吹满路，可摇舟相过。

可是，今日的扬州市，地处江苏省中部，位于江淮平原南端，长江北岸，是地道的“江北”。以诗入史，循名责实。则有隋炀帝杨广在江都行宫所作的《泛龙舟》一诗：

舳舻千里泛龙舟，言旋旧镇下扬州。
借问扬州在何处，淮南江北海西头。
六辔聊停御百丈，暂罢开山歌棹讴。
讵似江东掌间地，独自称言鉴里游。

杨广给出了一个“钦定”的“扬州”——淮南、江北、海西。唐诗人姚合《扬州春词》其三，首联曰：“江北烟光里，淮南胜事多”，淮南与江北，在古典诗歌的语境中是形容扬州的经典对偶。那么何以多有诗人如杜牧者，又称扬州为江南呢？这就涉及“扬州”的名与实了。让我们先来回答“名”这个问题。

“扬州”，一说原本应写作“杨州”。乾嘉学者阮元、孙诒让、王念孙对此都有过考证。他们认为，扬州的“扬”字，古皆从“木”不从“手”。到明监本，则全书皆作“扬”。王念孙根据许多书籍的版本源流，辨析先后，扬州原来都写作“杨”，比如宋本《尔雅》作“江南曰杨州”，宋本《史记·天官书》作“牵牛、婺女，杨州”，《史记·夏本纪》作“淮海维杨”等，其字都从“木”。唐代许嵩《建康实录》引《春秋元命苞》解释为何叫“杨州”说“地多赤杨，因取名焉”，王念孙认为此说虽然不足为据，然而也可见“扬州”的本字是“杨”，从木。

那么“杨州”是如何变成“扬州”的呢？唐代学者张参大历十年（775）奉诏勘校经本，选定正字，编成《五经文字》，以从“木”的“杨”字为非。因此，此后《开成石经》便定了提手旁的“扬”字。唐代编成的《广韵》说：“扬，举也，又州名。”按照王念孙的看法，这是延续了张参的错误。而前面提到的《晋书》对扬州的解释“厥性轻扬”“水波扬”，应是针对“扬”字做的解释，但《晋书》也是唐人所修，这可能反映了唐人选择“扬”作为地名正字的历史过程。

王念孙又以一些汉碑为例来佐证其观点，如《竹邑侯相张寿碑》“遭江杨剧贼”，《酸枣令刘熊碑》“出省杨土”，《冀州刺史王纯碑》“出使杨州”，《车骑将军冯绲碑》“督使徐杨二州”，《太尉陈球碑》“陆梁荆杨”，《陈球后碑》“剥落荆杨”……如此种种，虽然传世的书传中，杨州的“杨”字大都被改作提“手”旁，但更多反映文献原始面貌的汉碑上，杨字都从“木”，此亦一证也。故“杨州”的写法至今尚存。王念孙还举出东晋王献之的书法作品《进书诀帖》“乞食杨州市上”一句，证明唐以后历代相沿的“扬州”，乃“杨”字讹误。

然而相沿日久，只要时间足够长，原本错误的东西也渐成了正字。因此，今天的我们谈到扬州的时候，依然会称其为“扬州”。

说完“扬州”名的异变，我们再来厘清扬州的实——地域辖境的古今沿革。

“扬州”，其名古已有之。但“扬州”一名所指区域，则代有不同。“扬州”一名，最初见于《尚书·禹贡》。《禹贡》分天下为九州，即冀、兖、青、徐、扬、荆、豫、梁、雍，扬州为九州之一。此处“州”的概念，远比后来所谓的州府要大得多，是一片广袤的区域，尤其远离所谓中原地区，更是辽阔无边。

“淮、海惟（维）扬州。”这是《禹贡》中的界定。“淮”即淮水、淮河，“海”指大海，即东海。而这个“惟（维）”则是“是”的意思。“淮、海惟（维）扬州”，便是讲自淮水东南至大海的广阔区域，就是扬州了。后人称“维（惟）扬”的出处也便源出于此，这算是后话，暂且不表。

《周礼·夏官·职方氏》称“东南曰扬州”，《尔雅·释地》称：“江南曰扬州”。《晋书·地理志》云：“扬州，以为江南之气躁劲，厥性轻扬。亦曰，州界多水，水波扬也。”杜佑《通典》记载，古“扬州”区域唐代设有郡府三十九个，县一百九十六个。《通典》是典志史的开山之作，影响极大，且是在杜佑做淮南节度使任内进呈的。依此说，古“扬州”这片广袤的地区，落实到今天地图上，当囊括江苏、安徽两省淮河以南地区，上海、浙江、福建、江西全省，河南南部，湖北北部和广东北部。

既然江南地区就叫“扬州”，古人写诗有时便将“扬州”和“江南”并列甚至互相指代。尤其是小杜的名作，加深了读者脑海中扬州属于江南的印象，这实际上是地名演变与文化建构造就的思维惯性，甚至可以说一种文化形态上的遗址遗迹现象。已经“江北”的扬州，在某些语境中依然存留着古早时期“江南”的名目。

今日的“扬州”城虽然在古“扬州”的范围内，但语义所指，地域所及，却已然是大为不同了。今日扬州建城之始是为周敬王三十四年（前486）吴王夫差筑城并开凿河道。后此地为楚所得，周慎靓王二年（前319），楚怀王筑广陵城，这是扬州“广陵”之名的由来，因其地貌“广被丘陵”而得名。秦时为广陵县，属九江郡。汉武帝设扬州为所置十三部刺史之一，但广陵郡属徐州刺史部。枚乘《七发》“观涛乎广陵之曲江”，即指此地。三国时吴、魏各设扬州。东晋南渡后侨置兖州，明帝把治所改到广陵，南朝宋称“南兖州”，北齐改“南兖州”为“东广州”，陈又改为“南兖州”，北周时称“吴州”。隋文帝开皇九年（589）改“吴州”为“扬州”，而扬州总管府设在丹阳。到了唐高祖武德九年（626）将扬州大都督府迁治现在的扬州，天宝元年（742）一度改为广陵郡，乾元元年（758）又改回扬州。扬州之名逐渐确定下来。

而李白《送孟浩然之广陵》谓“烟花三月下扬州”，已经将广陵视为扬州。至于一个“上扬州”一个“下扬州”，应与地理方位有关。因中国地势的缘故，北行、西行为上，南行、东行为下。李白拟曹操《苦寒行》“北上太行山”有《北上行》，李群玉有“寄书西上鳞”，崔颢有“长安南下几程途”，李商隐有“欲为东下更西游”。“上扬州”者或在东南，“下扬州”者或在西北。

中古以后，随着江南的开发，扬州所在的政区无论名称、层级如何变动，扬州城作为东南名邑，已然是基本固定了。至明清时，以最狭义的“江南”概念绳矩，所谓松江、苏州、常州、镇江、杭州、嘉兴、湖州、江宁八府及从苏州府划出来的太仓州，即“江南八府一州”，并不包括扬州，盖因地处江北，漕运要冲，并不归于江南。但虽身处江北，通江达海兼有运河之利的“扬州”，地理上毗邻“江南”，更加之千余年来人文荟萃所形成的文化形态，以及古已有之的“江南”意象，扬州依然与“江南”二字关联甚密。前生今世，纠葛缠绵。古人将扬州视为江南，并非说不通。

说到这种划界“公案”，在古代政区名称中，这种名实不尽相同、范围世有变迁的情况，也是常见。扬州之名，曾冠之南京之上。这种变化曾对读诗解诗带来过麻烦。比如千古咏梅花的绝唱，何逊的《扬州法曹梅花盛开》（一作《咏早梅》），其诗云：

兔园标物序，惊时最是梅。
衔霜当路发，映雪拟寒开。
枝横却月观，花绕凌风台。

朝洒长门泣，夕驻临邛杯。

应知早飘落，故逐上春来。

这首诗作于梁武帝天监七年（508），当时何逊为建安王、扬州刺史萧伟的记室。萧伟是梁武帝之弟，与诗中提到的建兔园的汉景帝之弟梁孝王身份相当。长门宫是汉武帝陈皇后失宠退居之地，临邛是卓文君故里。此诗着色摹态，有所寄托于怨女弃妇，对咏梅诗有极大影响。杜甫在成都时，《和裴迪登蜀州东亭送客逢早梅相忆见寄》一诗，首联“东阁官梅动诗兴，还如何逊在扬州”，便是绵延的感喟。

何逊的时代，扬州刺史治所在建康即现在的南京。而读者有时习焉不察，甚至因此伪托古人之事，宋蜀本注东坡诗道来这样一段故事：“梁何逊为扬州法曹，廨舍有梅花一株。花盛开，逊吟咏其下。后居洛，思梅花，再请其往，从之。抵扬州，花方盛，逊对花彷徨终日。”何逊在洛阳思念扬州官廨的梅花，请求调回扬州吟咏花下，此事很得文人风调——可惜是编造的。不但南朝扬州刺史治建康，而且洛阳为当时敌国北魏的都城。何逊与范云的著名联句“洛阳城东西，长作经年别。昔去雪如花，今来花似雪”中的洛阳，乃是代指建康。钱谦益乃至认为何逊虽曾为建安王记室，曾在梁之扬州，但《扬州法曹寺梅花》这一诗题是后人被伪苏注误导而来。不过后世诗客用此典故的时候，将错就错者甚多，似乎这株梅花真的生在今日之扬州了。因此，也不必介意扬州到底江南江北，便如元代冯子振《梅花百咏》所言：“如今不独扬州种，江北江南总是春。”

又见雷塘土一抔

——隋炀帝葬在哪里

历史的推动力到底是理性还是非理性？很多时候人们会倾向于人的理性选择造成了历史走向的发展，但身处历史变局中，人的理性往往有限，行事决策的驱动力常来自好恶、欲望等难以抗拒的非理性因素。就好像隋炀帝，他的天资功业有不能尽掩之处，但性格好恶让他最终如唐代学者元结在《闵荒诗》开篇所说的："炀皇嗣君位，隋德滋昏幽。日作及身祸，以为长世谋。"继承帝位后，隋朝就走向了一条昏昧幽暗的道路，每天造下殃及自身的祸患，还以为是为久远之世做打算。

唐人咏隋炀帝的诗作中，皮日休《汴河怀古二首》颇知名，第二首大约人人能成诵。这两首诗这样写道：

万艘龙舸绿丝间，载到扬州尽不还。

应是天教开汴水，一千余里地无山。

尽道隋亡为此河，至今千里赖通波。

若无水殿龙舟事，共禹论功不较多。

汴河，也就是通济渠，是京杭大运河的一段。据说隋炀帝“发河北诸郡百余万众”，从洛阳西苑引谷、洛二水入黄河，经黄河到汴水，再沿着春秋时期吴王夫差所开故道引汴水入泗水，到达淮水。第一首说开河之处一千余里地无高山，才能让隋炀帝开凿汴河到江都即扬州游乐，因此靡费无度，终使天下大乱，此天要亡隋。《五朝诗善鸣集》评论第二首说：“开河同，而所以开河不同，语奇而确。”说得好。此诗诗眼即在“共禹论功不较多”一句，开河的举动相同，目的却不一样，因此结果不同。举出大禹治水的功业，正不知何处想来。如果没有“水殿龙舟”的奢靡享乐，隋炀帝简直可以与上古明君争一席之地。关于他为什么开凿运河，既有学者认为隋代赋税日益依赖江南，而仍不免“出于君王游幸之私”的指责，且美姿容而聪慧的隋炀帝，在性格上具有昏君的重要特质。

皮日休另有一篇《汴河铭》，铭前的序中说：“隋之疏淇、汴，凿太行，在隋之民不胜其害也，在唐之民不胜其利也。今自九河外，复有淇、汴，北通涿郡之渔商，南运江都之转输，其为利也博哉。”皮日休对隋炀帝的矛盾评价一以贯之，既认为唐人得了大运河的便利，又感慨隋朝的覆亡因开河而起。

大运河的重要性，对漕运、盐运和南北文化的交通有着无可取代的深远影响。扬州拥有的最早的人工运河遗存，可以追溯到公元前486年吴王夫差所开凿的邗沟。唐代诗人卢纶《泊扬子江岸》写“山映南徐暮，千帆入古津”，每到傍晚，扬子津停泊的无数船只，造就了两岸的繁荣。不同于吴王夫差，隋炀帝开河的目的不是水利兴国而是巡幸扬州，客观上虽然成了泽被后世的功业，却也因靡费无数而造成隋末大乱，最终导致身死国灭。就如张祜在《隋堤怀古》中所说：“隋季穷兵复浚川。自为猛虎可周旋。锦帆东去不归日，汴水西来无尽年。本欲山河传百二，谁知钟鼎已三千。那堪重问江都事，回望空悲绿树烟。”隋灭于穷兵、开河，是很多诗人的共识。因此在后人的诗笔中，隋炀帝往往与运河一同出现。运河作为这样一个后世看得到且得享其利长达千余年的存在，看到它就想到隋炀帝，想到如此不世之功业竟是在这样一个亡国之君的手中完成，这种微妙的相悖天然就是好诗材。

关于炀帝荒淫的故事多有巧思，比如《迷楼记》里说他沉迷女色，嫌宫殿壮丽显敞太过高大，苦无曲房小室幽轩短槛。于是，浙江人项升进献了图纸，炀帝看后大悦，用数万役夫盖了一年才建成，极为富丽幽曲，栏杆屋檐互相连接，高下楼阁回环四合皆能连通，假如有人误入其中，一整天都走不出来。隋炀帝非常高兴，说："使真仙游其中，亦当自迷也。"于是取名叫迷楼。再比如萤苑，隋炀帝从景华宫中征集了几斛萤火虫，夜出游山的时候放出来，星星点点的光火照遍岩谷。迷楼自然是靡丽且耗费巨资的杰作，而萤苑的构思却需要一点天马行空的思维——隋炀帝在做昏君方面实在很有想象力。

于是，迷楼、萤苑也成了后人诗词中经常用到的典故。唐文宗大和七年（833），到扬州做淮南节度推官的杜牧写了《扬州三首》，其一、其二有"炀帝雷塘土，迷藏有旧楼""秋风放萤苑，春草斗鸡台"的句子。黄叔灿《唐诗笺注》评曰："极言扬州之淫侈，令人留恋，语自奇辟。"斗鸡台即吴公台，是南朝宋将沈庆之所筑的弩台，南朝陈将吴明彻重筑，因此称为吴公台。《大业拾遗记》载："炀帝尝游吴公宅鸡台，恍惚间与陈后主相遇，尚唤帝为殿下。"诗中的秋风春草显非同时实景，且景华宫在东都洛阳，放萤事在大业十二年五月夏日。后人以为，炀帝到江都之后仿效前事，是以扬州城也有萤苑，秋风起时萤火虫已逐渐消失。而吴公台是炀帝重葬的地点，春草几度斯世已矣。隋能灭陈犹不免二世而亡，历史轮转，时序不因一代一人停驻。

咏古诗无论重造语或重造意，历史本身就是最好的材料库。比如白居易的新乐府《隋堤柳》以大运河的配角、堤上的柳树为主，极写兴衰之态，其中几句说：

隋堤柳，岁久年深尽衰朽。
风飘飘兮雨萧萧，三株两株汴河口。
老枝病叶愁杀人，曾经大业年中春。
大业年中炀天子，种柳成行夹流水。
西自黄河东至淮，绿阴一千三百里。

大业末年春暮月，柳色如烟絮如雪。

南幸江都恣佚游，应将此柳系龙舟。

隋炀帝开凿运河的时候，为了美观等，沿着通济渠、邗沟河岸种植柳树。行舟之时，望之俨然如绿烟翠雾。白居易以隋堤上的柳树为主角，写现在衰老的柳树，在大业年间却是青春正盛。隋炀帝沿河岸种柳，绵延一千余里。在春暮的时候，浓密的柳树远望如烟雾，而飞絮像雪一样白。炀帝在扬州恣意游玩，也许曾在这几棵柳树上系过龙舟。这首诗对隋炀帝因巡幸扬州失去天下有所批判，“后王何以鉴前王，请看隋堤亡国树”。写得明快，描摹备至，让人对着一路绿阴一千三百里，柳色如烟絮如雪的景色产生浓厚兴趣。大概隋炀帝有事功、有文学，运河又泽被后世良多，而且唐沿隋制开创盛世，作为故事的主人公，隋炀帝已超越了日常善恶的判断，成为传说中的人物。

大业十四年（618）炀帝见中原已乱，无心北归，想把都城迁到丹阳，守住江东。这一次出巡之前，已见天下大乱的征兆，群臣力阻，甚至痛陈如果第三次下扬州成行，“天下非陛下所有”，然而炀帝一意孤行。出行前与留守的宫女作别时，他写道“我梦江都好”，要回到自己念念不忘的扬州。朱载震于诗中把炀帝做出这种近乎荒唐的决定的缘由，解释为扬州不可抗拒的吸引力：“但求死看扬州月，不愿生归驾六龙”。

从开皇六年经略淮南开始，当时为晋王的隋炀帝便与江南渊源甚深。灭陈之后，他奉命总管江南，在出镇江都的十年中，晋王府中聚集的江左人士盛时达到百余人。身边既多江南文士，专宠终身的萧后也是昭明太子的曾孙女，隋炀帝从那时起便醉心江南风尚，这也似乎是很多北方政权的宿命，军事上征服江南，文化上倾慕江南。

大业末年，从驾江都的卫士大都是关中人，思乡心切，连炀帝深信的司马德戡也公然与人讨论逃回故土的事。卫士们的思乡之情与对炀帝的怨愤一天天加深，最终推宇文化及为首，发动兵变。其实到江都之后，炀帝已经隐隐感觉到太平不久，所以愈发不节制。宫中一百多间房屋装饰得十分精美，让美人住进去，每天命其中一房为主人宴客，无日无夜“酒卮不离口，从姬千余人亦常醉”，于醉生梦死中逃避将至的不安。他常常感觉到不安，在江都宫里策杖步游，遍历台馆，直到深夜才返回，忧惶不安地看着自己的影子，知道这样的好日子过一天少一天。

以炀帝的聪明，他早看出大势已去，狂澜不可挽。他引镜自照时道：“好头颈，谁当斫之。”萧后惊问他为何这样说，炀帝笑着答道：“贵贱苦乐，更迭为之，亦复何伤。”宇文化及等人杀入宫中，炀帝对乱兵说：“天子有天子的死法，怎么能够用刀剑呢，拿鸩酒来。”被拒绝之后，他把练巾解下来交给令狐行达，让他缢杀了自己。

炀帝死后，萧后和宫人拆开床板做了一个棺材，偷偷将他葬在江都宫西院流珠堂下。后来宇文化及北上，右御卫将军陈棱集众缟素，为炀帝发丧，改葬到了吴公台下。唐朝平定江南后，又在贞观年间以帝礼将他改葬于雷塘。隋炀帝前后葬了三次，直到房地产商再一次起幽魂于地下。

2013年4月，扬州西湖镇曹庄一处商品房在施工现场挖出了一座古墓。这座墓的规模不大，但在挖掘过程中，墓志铭被清理出来的时候，“随故炀帝墓”赫然在上。通过墓志和随葬的十三环金玉带、鎏金铜铺首及文官俑、武士俑等文物，经多方论证，2013年11月16日，国家文物局和中国考古学会在扬州召开隋炀帝墓考古发掘成果新闻发布会，认定曹庄发掘的隋唐墓葬确系隋炀帝杨广陵墓，旁边的则是萧后的陪葬墓。不过尸骨易朽，只剩下了两颗最为坚固的臼齿。

有意思的是，扬州有两处隋炀帝陵。在西湖镇曹庄隋炀帝陵发现之前，曹庄东北五公里的槐泗镇槐二村古墓，被清代学者阮元认为是隋炀帝墓。阮元是仪征人，于经史、数学、天算、舆地、编纂、金石、校勘无所不通，既是大官僚，也是一代文宗。嘉庆十二年（1807）丁忧期间他守墓雷塘，想起《嘉靖惟扬志》中绘有隋炀帝陵墓碑，恰在雷塘北面。虽然当时城中的人已经不知道杨家天子葬在哪里，但他料想不应湮没，便去询问北村的老农。老农说陵墓还在，乡下人叫“皇墓墩”，从阮元守墓的地方正北走两里多就是。阮元依言寻访，陵地尚在，周围多荒墓，陵土高七八尺，周长二三亩。老农又说土下有西北向的隧道、铁门，自己幼年挖土时曾见过。见此闻此，阮元不胜感慨，于是找来附近村民担土修陵，挑一石土给一钱，没几天积土八千石，又种了一百五十棵松树后，这座古墓看起来终于有点帝陵的意思了。阮元请当时的扬州知府、著名书法家伊秉绶用古隶书写了“隋炀帝陵”四字碑文，从此，槐泗隋炀帝陵的说法流传开来。

槐泗古墓的封土形制为馒头形，有学者据此怀疑为汉代墓葬。1995年修葺扩容时，考古工作者对其进行调查研究，证明确是一座汉墓。老农未必是有意欺瞒阮元，故事在民间流传会较原始版本有所变形，并趋向于迎合人们的预期。毕竟，雷塘是炀帝的陵墓所在，住在附近的老农被阮元这样的大人物问起炀帝陵在哪，只要曾经听闻过一点，又怎么忍得住说不知道呢。

隋炀帝为人博雅多才，《饮马长城窟行》一诗为其名作，清刚劲健，一洗颓风。而与扬州有关的，则有《乐府江都宫乐歌》，其诗曰：

扬州旧处可淹留，台榭高明复好游。
风亭芳树迎早夏，长皋麦陇送余秋。
渌潭桂楫浮青雀，果下金鞍跃紫骝。
绿觞素蚁流霞饮，长袖清歌乐戏州。

秦少游的名作《满庭芳》："斜阳外，寒鸦万点，流水绕孤村。销魂。当此际，香囊暗解，罗带轻分。"世所称美，乃是隐括了隋炀帝的诗"寒鸦飞数点，流水绕孤村。斜阳欲落处，一望黯销魂"。一代君王，文才卓绝，并非昏聩无为，但不恤民力，驱民于水火，留下暴君之名。

隋炀帝这几句诗很有名，李商隐那首著名的《隋宫》“终古垂杨有暮鸦”把隋堤上的杨柳与寒鸦一起写；曹寅在扬州写的《鸦鸣歌》也用过“落花寒食雷塘路”“孤村流水联翩意，绣幕金笼那易知”，以老鸦与豪富之家的笼中鸟做比，比喻身处富贵而不知危机日近，似有所指。而在与扬州颇有渊源的《红楼梦》中，薛宝琴的《广陵怀古》也并举了隋堤与寒鸦：“蝉噪鸦栖转眼过。隋堤风景近如何。只缘占得风流号，惹得纷纷口舌多。”薛小妹怀古诗的谜底是几样俗物，有人猜测这一首写的是柳木牙签，风流名高则多口舌多毁谤，这真是自古不免。

晚唐诗人罗隐有一首《炀帝陵》：

入郭登桥出郭船，红楼日日柳年年。
君王忍把平陈业，只博雷塘数亩田。

水乡入城所登的桥与出城所乘的船一静一动相称，华美楼宇与柳树年年日日如此，似乎光阴暂此凝驻。隋炀帝年轻时率军平陈，后来却和陈后主一样耽于享乐，甚至不得善终，一代帝王陵墓只有雷塘几亩地，寒酸得可怜。

讽刺的是，隋炀帝给陈后主的谥号是“炀”，“炀”字在谥法上是“好内远礼”、“逆天虐民”的恶谥。而这个字后来又被唐室发还给了他，成了定谳，远比陈后主的谥号广为人知。身死国灭，恶谥都不足以发其过失。然而唐人在吟咏炀帝的时候，虽带讽刺，却也唏嘘。正因炀帝开科举、灭吐谷浑、讨契丹、征流求、三征高句丽等，不能不说是伟业，而对比最后的遭遇，既判然有功过是非的两别，又留下一丝遗憾。

盛唐扬州的风流盛况终究延续了隋炀帝的功业，因此才有那么多人将雷塘写入诗中，只为此地是他最后的埋骨之所。那些龙舟金辇曾经冶游之地，也常常勾起诗客的想象。康熙二十五年（1686），孔尚任奉旨至淮扬参与治河，在寻访迷楼故址所在的蜀冈观音阁后，回想起千载之上的人物：

回首芜城半是烟，轻鞭策马意凄然。
满冈黄叶秋深路，几寺红楼夕照天。
萤苑苍凉迷乱水，雷塘疑似访荒田。
香销粉坏何年恨，且解征衣唤钓船。

末句批注曰：“亦无可奈何语”。迷楼、萤苑，古人题咏扬州多并提，虽然俱成尘土，但夸丽巧思不随时而朽，艺术的想象力与为君之德之间的张力给后人书写留下了空间。孔尚任寻访雷塘，眼中所见一片荒凉，毫无帝陵气象。盛衰之景交替，而时间节点的象征意义日益鲜明，炀帝遗迹隐含的侈靡无极致亡国之恨逐渐定格，成为诗人言及即会心的意象。孔尚任不能忘怀的香粉销残，在笔端暗与南明的覆灭相勾连——英伟如炀帝者尚且只有雷塘数亩荒田，何况才智远不及的偷安之主。而后人感慨系之的，终究已成一抔土。

明月谁家廿四桥

——二十四桥究竟有几座

也许每一位唐人心中都有一个扬州梦，尤其是诗人。比如中唐诗人李绅，与李德裕、元稹齐名，合称“三俊”。他的两首《悯农》诗脍炙人口。而李绅的另一首名作《宿扬州》这样写道：

江横渡阔烟波晚，潮过金陵落叶秋。
嘹唳塞鸿经楚泽，浅深红树见扬州。
夜桥灯火连星汉，水郭帆樯近斗牛。
今日市朝风俗变，不须开口问迷楼。

向晚大江横流渡口开阔，潮水经过金陵（唐时润州即今镇江，也可称金陵），落叶已挟秋气。扬州亦属楚地，一鸣破空，塞上归雁已过。树木披着深浅不一的红色，其间隐隐望见扬州城。颔联两句写出了扬州不夜城的气象：夜色里城中桥上灯火疑与银河相连，依郭临江处停泊的船只上的桅杆似乎与斗宿牛宿相接近。诗中提及扬州的繁华常兼及大时代的盛衰之慨，末句提到隋炀帝在扬州建的迷楼，意指大唐风气自与前朝不同，此等锦绣红尘之地风俗却纯良，不似隋炀帝时代那样荒淫无度。李绅官至宰相，做过扬州长史、淮南节度使，对扬州风物自是熟悉，只是曲终所奏，不免有点正襟危坐。

李绅望向扬州的时候，但见市桥之上灯火若与天接，这种华美带来的震撼，大约是异乡人见到扬州必然经历的，不然张祜何以有“月明桥上看神仙”的句子呢。夜空千灯相照之下，美人似从天上来，望之俨然若神仙。其实维扬的美人未必是基因胜过其他地方的佳丽，但养在扬州城这样的销金窟里，又被桥边珠窗绣户衬托，氛围便与别处不一样。扬州的桥在诗词中的出镜率很高，施肩吾有一首《戏赠李主簿》说：

官罢江南客恨遥，二年空被酒中消。

不知暗数春游处，偏忆扬州第几桥。

得意失意，不如扬州纵酒游春，正不知忆着扬州哪座桥。

扬州水乡多桥，其中最广为人知的当属二十四桥。杜牧的千古名篇《寄扬州韩绰判官》曰：

青山隐隐水迢迢，秋尽江南草未凋。
二十四桥明月夜，玉人何处教吹箫。

青山隐于天际，绿水悠长，秋已过尽，而江南草叶尚未凋零。二十四桥上的明月是扬州妙景，不知好友在何处教美人吹箫欢娱。大和七年（833）到九年（835）初，杜牧在淮南节度使牛僧孺幕中作推官，后转为掌书记，与身为判官的韩绰熟识。杜牧离开扬州以后，怀念扬州，怀念故友，因作此诗。到了唐末，韦庄《过扬州》这样写道：

当年人未识兵戈，处处青楼夜夜歌。
花发洞中春日永，月明衣上好风多。
淮王去后无鸡犬，炀帝归来葬绮罗。
二十四桥空寂寂，绿杨摧折旧官河。

乱后衰世之慨，正须极写承平之日盛景。

宋赵令畤《侯鲭录》记载，欧阳修离开扬州到汝州（应为颍州）后，回忆在扬州的日子，写下：“菡萏香清画舸浮。使君宁复忆扬州。都将二十四桥月，换得西湖十顷秋。”“后东坡复自汝移扬，作诗曰：‘二十四桥亦何有，换此十顷玻璃风。’用欧公诗也。”一“换得”一“换此”，是离开与来到的相关与区别。欧苏二人笔下的二十四桥，不仅仅指桥，而是以二十四桥统领扬州名胜。黄庭坚听到有人说起扬州事，想到往岁在扬州早春曾写过“仿佛三生杜牧之”，于是即成“淮南二十四桥月，马上时时梦见之”句。二十四桥一经拈出便勾起诗人记忆中的杜牧与明月，随即进入扬州繁华名士风流的语境，承平时可高咏，离乱时便自带强烈反差。另一位词人周密《瑶花慢》有句“记少年，一觉扬州，二十四桥明月”，也如经典定格，撷取一幕即能让读者会意。元代诗人张翥咏琼花曰：“二十四桥夜月，二十四番花信”，同样以二十四桥代指扬州，指向琼花最盛的地域，指向圆缺有时物序流转。

二十四桥，俨然成了扬州最醒目的标志。千载之下，二十四桥还在吗？

二十四桥，扬州人叫念四桥，“念”为“廿”的大写。1957年暮春，丰子恺教儿子新枚读《白香词谱》，读到南宋词人姜夔的《扬州慢》“二十四桥仍在，波心荡、冷月无声”，突然动念，叫儿子立刻去买第二天从上海到镇江的车票，再渡江到扬州寻访二十四桥。

丰子恺带着子女在扬州街上雇车子，说是到二十四桥去。可是年轻的车夫们都摇头，不知道在哪里。有知道的年长者忠告他们：“这地方很远，而且很荒凉，你们去做什么？”丰子恺不好意思说是去凭吊，便说去看朋友。被那人笑着戳穿：“那边不大有人家呢！”只好招承是想去看看那个桥，惹得车夫们大笑。旁边铺子的老者这时候出来为他解了围，让车夫带他们去西门外。又对丰子恺说：“这座桥从前很有名，可是现在荒凉了，附近没有什么东西。”丰子恺记得老者的笑容很是特别，似乎隐隐写着“这群傻瓜”。

半小时车程之后，车停在一爿小桥边，桥跨在田野中间一条沟渠似的小河上，桥下水洞最狭处不过七八尺。初见这座二十四桥，三人大失所望。但来都来了，女儿一吟仍拿出照相机来准备摄影。旁观的车夫想不通他们为何而来，便用土话猜测这些人是不是要来修桥开河的工程师。丰子恺也不辩解，但总疑惑找错了地方，他先是去问附近田野里耕作的农民，得到确定回答后依然不死心；又到桥边一间小屋子门口，向屋内做着针线活的白头老婆婆打听，老婆婆干脆地说：“廿四桥。”父子三人终于带着一点失落，放心了，新枚一边念着“波心荡、冷月无声”，一边从桥上跨了过去，三人不觉失笑。

这一场不甚完美的出游，最后却以梦境点染出二十四桥的传奇色彩：这一夜，扬州化为一位女子梦中相访，丰子恺醒来后，兴衰感慨缠绵不尽。

人文景观有以雄丽精美见称者，也有因掌故而引发后人思古之幽情的，二十四桥即是后者。

丰子恺所去的那座二十四桥，在20世纪上半叶曾经两度修缮，90年代因城市建设需要改建为贯通扬子江北路的公路桥，在汉白玉雕栏上镌着“念四桥”的字样，确实称不上佳景，然而不妨碍读诗之人心中的二十四桥仍在。且诗的感染力无今无古，无贵无贱，也没有国界，无论何等身份的读者，都能在诗中找到若合一契的情感的汇通。1921年，日本作家芥川龙之介到中国游玩，走的是当时日本文人最爱的路线，经由江南来到扬州。在瘦西湖乘画舫时，因未能赶上前面小船看一看船上美人的正脸，怅然若失，他想起杜牧这两句诗：“我忽然觉得，杜牧的诗也许并不夸张。扬州的风物似乎确有迷人之处，甚至把我都变成诗人了。”

那么，二十四桥名字中的“二十四”是为何意？

在大部分读者心中，二十四桥就是一座桥。依姜夔的词意，扬州有这么一座桥名叫“二十四桥”的桥，桥边种满芍药花，这是一种常见的看法。

比如清代江都人吴绮在《扬州鼓吹词序》中说：“出西郭二里许，有小桥，朱栏碧瓦，题曰烟花夜月，相传为二十四桥旧址，盖本一桥，会集二十四美人于此，故名。”清代《重修扬州府志》中说，“二十四桥”的名字源于隋炀帝下扬州，因有二十四位美人同游，故名二十四桥。《燕在阁知新录》《红杏山房闻见随笔》也从此说。而这个故事原是明人齐东野人《隋炀帝艳史》的一个桥段，恰好搔着了文人痒处，所以广为流传。

李斗《扬州画舫录》则说：“廿四桥即吴家砖桥，一名红药桥，在熙春台后。平泉涌瀑之水即金匮山水，由廿四桥而来者也。桥跨西门街东西两岸，砖墙庋版，围以红栏，直西通新教场，北折入金匮山。桥西吴家瓦屋圩墙上石刻‘烟花夜月’四字，不著书者姓名。《扬州鼓吹词序》云，是桥因古之二十四美人吹箫于此，故名；或曰即古之二十四桥。二说皆非。按二十四桥见之沈存中《补笔谈》。”李斗不赞同小说家言，更认同科学家沈括首倡的说法。

而沈括在《梦溪笔谈·补笔谈》中这样记录道：

“扬州在唐时最为富盛。旧城南北十五里一百一十步，东西七里三十步，可记者有二十四桥，最西浊河茶园桥，次东大明桥（今大明寺前）。入西水门有九曲桥（今建隆寺前）。次东正当帅牙南门，有下马桥，又东作坊桥，桥东河转向南，有洗马桥，次南桥（见在今州城北门外）。又南阿师桥、周家桥（今此处为城北门）。小市桥（今存）、广济桥（今存）、新桥、开明桥（今存）、顾家桥、通泗桥（今存）、太平桥（今存）、利园桥，出南水门有万岁桥（今存）、青园桥，自驿桥北河流东出，有参佐桥，（今开元寺前）。次东水门（今有新桥，非古迹也），东出有山光桥。（见在个山光寺前）。又自衙门下马桥直南有北三桥、中三桥、南三桥，号‘九桥’，不通船，不在二十四桥之数，皆在今州城西门之外。”

沈括写得煞有介事，到元祐年间二十四桥就只剩下六座数得一清二楚。但记述得不尽科学——他只列了二十三座桥名，其中两座下马桥同名；且扬州出名的月明桥、禅智寺桥、红板桥、朱雀桥等，反而不在其中。于是，南宋学者祝穆在《方舆胜览》驳斥沈说，认为扬州自隋代起就有二十四桥，各以城门坊市为名，后随城市兴废或存或废不可得而考。但扬州桥梁处处，又多历兴亡，一定要拘泥于哪几座在“二十四”之列，是很难自圆其说的。

甚至有桥名为编号之说，认为二十四桥是扬州编号为二十四的桥。诗词中“第几桥”之语屡见，张乔《寄扬州故人》中有“月明记得相寻处，城锁东风十五桥”，姜夔《过垂虹》有“曲终过尽松陵路，回首烟波十四桥”句，《侧犯·咏芍药》有“恨春易去。甚春却向扬州住。微雨。正茧栗梢头弄诗句。红桥二十四，总是行云处”句。这种说法认为十四桥、十五桥是为一地之桥所作的序数编号，二十四桥也是如此，看起来似乎有一点道理。毕竟唐人以同祖父母或同曾祖父母的兄弟排行成名为一时风气，比如杜甫是杜二，白居易是白二十二，刘禹锡是刘二十八，李商隐是李十六，以数字为名，人同此桥，桥同此理，也不失为一种可能。

而最为人接纳的，还是虚指的说法。“二十四”不是实数，乃是极言扬州桥梁之多。就如李白的“危楼高百尺”“白发三千丈”“飞流直下三千尺”，杜甫的“霜皮溜雨四十围，黛色参天二千尺”一样，一些特殊的数字比如三、五、六、九、十二的倍数、三千等等，并非实指，只是一种文学的夸诞，或者追求视觉的和谐与音韵的美听。杜牧另一首名作《江南春》的名句“南朝四百八十寺，多少楼台烟雨中”，乍一听四百八十的数目显得巨大，可是《南史·郭祖深传》里说“都下佛寺五百余所，穷极宏丽”，那么杜牧写成四百八十寺不但没有夸张，反而有所瞒报，似乎是写小了。但从诗语的角度上来说，写作四百八十寺又确实比五百余寺显得富丽壮观，这是文学对人的数字感受耍的小花招。

民国王振世在《扬州览胜录》中感慨：“自杜牧之诗出，二十四桥之名，由唐以来艳称海内。”这话说得很有意思，似乎是先有了杜牧的诗，才有了二十四桥的盛名。而杜牧诗中的二十四桥明月，又确实是扬州景物人事留给他的印象的集合，因此，成了读诗的人对扬州的印象。

有一年秋雨连绵，接连数日经过念四桥，一路蒙蒙烟雨中寒江照影，远处的栖灵塔似乎微微融化在空中。往返渡之的这一座当然不是杜牧的二十四桥，然而不妨感慨如丰子恺课儿“二十四桥仍在”的一瞬。物理时空的变动不影响意象的稳固。而明清人的二十四桥于我们而言，又是一轮唐人二十四桥影外之影。彭孙贻诗云“二十四桥歌舞处，那教人不忆扬州”，吴梅村词曰“二十四桥夜，明月满扬州”，宋琬词谓“廿四桥头明月在，倩红牙翠管翻花谱”，连乾隆游平山堂遥望，也有“二十四桥虽莫辨，紫薇犹足缅风流”的句子。二十四桥与那二分明月一样，早已成了扬州好景的代称。

稍可注意的是，二十四桥在诗中的指向，除扬州外，因扬州盛产芍药的缘故和与“芜城”意象的交集，也指向了名花与盛衰。最著名的如姜夔《扬州慢》“二十四桥仍在，波心荡、冷月无声。念桥边红药，年年知为谁生”，再如韩元吉《浪淘沙令·芍药》“二十四桥明月下，谁凭朱阑”，章甫《韩使君分送芍药索诗因忆旧游》“二十四桥经战尘”，范成大《石湖芍药盛开向北使归过维扬时买根栽此因记旧事》“移将二十四桥花”，吴文英《风流子·芍药》“二十四桥南北，罗荐香分”……久而久之，其与实际地域的关联松动，而成为开谢兴亡的背景。晚清词人杜文澜做过两淮盐运使，有“诗人端合住扬州”之句，他的《祝英台近·芍药为风雨所损》一词结句“不知廿四桥边，行云冷落，更谁脱、官衣相顾”，用了姜夔两首词的句意。前语“竹西路。长思小圃寻芳，携手订花谱”或有本事，但二十四桥无需视作某一具体时空的扬州风物，而是萦绕芍药与人事代谢家国盛衰的意象。出于同样的原因，二十四桥也常与琼花的意象并存。古典诗词的典故充满丰富的内涵，具体到一首诗中有其明确的指向和指向的层次，而到达实指的幽径不妨曲折迂回。二十四桥与桥头明月，则是某一曲径上独绝的风景。

灵泉宝塔梵王宫

——大明寺与栖灵塔

明月垂杨佳处，自有庄严妙法，名城往往多名寺。扬州现存的寺庙中最广为人知的，当属蜀冈中峰上的大明寺。关于大明寺的由来，有两种说法：一说始建于南朝宋孝武帝大明元年（457），寺以年号命名；一说是建于隋文帝时期，仁寿元年（601），适逢杨坚六十大寿，隋文帝诏令全国三十州各建一座宝塔以供奉佛舍利，栖灵塔便是其中之一，寺遂以塔为名，也称西寺。

天宝二年（743）鉴真法师在此讲律，接受了日本僧人的邀请东渡。到清代时，因忌讳“大明”二字，往往称之为栖灵寺。乾隆三十年（1765），乾隆第四次南巡赐题“法净寺”匾额，从此称为法净寺。直到1980年4月，鉴真法师坐像自日本返回故里，为此又恢复了大明寺的旧名。

日本的天平五年，也就是唐玄宗开元二十一年（733），两位日本僧侣荣睿、普照奉旨入唐求律，随后到了扬州拜谒鉴真法师，请求他东渡传法。

鉴真对徒弟们讲：“我曾经听说南岳惠思禅师圆寂之后，托生倭国王子，在日本兴隆佛法，济度众生。现在又听说日本国长屋王崇敬佛法，造了千领袈裟布施国中的大德众僧。在袈裟的边上绣着四句‘山川异域，风月同天。寄诸佛子，共结来缘。’这么看，日本确实是佛法兴隆的有缘之国。现在有两位僧人来求戒师，有谁愿意到日本传法呢？”众弟子因感觉道路遥远，渡海的风险很大，沧海渺漫，百无一至，感到很为难。鉴真毅然说：“是为法事也，何惜身命？诸人不去，我即去耳！”弟子们为之感动，相继表示愿意同往，祥彦、道兴、道航等二十一人，互相结誓要东渡日本传法，并开始造船和准备工作，打算第二年春天出发。

但第一次东渡的时候，因为道航对同行僧人的品性要求很严格，建议不让如海去。如海大为不满，便向淮南采访厅诬告说道航他们造船是勾结海贼。天宝二年（743）六月，道航被捕。后来弄清了冤情，鉴真等人又一次买船东渡，第二次带上了玉匠人、雕镂、铸写、刺绣、修文、镌碑等185

名工匠，载有佛经、法物、香料、衣饰等。鉴真之意，不但要为日本建立规范的戒律制度，还要将佛教仪轨、用具、僧人服饰、工艺等一并传入。但船到了南通狼山附近被恶浪打坏，冬天里众人浸于潮水之中。第三次修好了船，却再次遇到海风，漂流在海上，水米俱尽，饥渴三日，才得到救援，被安置在了明州（浙江宁波）的阿育王寺。

天宝三年（744）鉴真因住在明州，往来于杭州、湖州、宣州之间讲律授戒，有人不愿看到鉴真东渡，于是告到官府说日本僧人荣睿想诱骗大和尚去日本，荣睿因此被捕递解长安，因病才得以脱身。鉴真深为赞叹荣睿为求法的毅力，这一次准备到福州买船出海，然而此时他的弟子灵祐秘密地请求官府加以阻拦。到了天宝七年（748），鉴真第五次东渡的时候，又一次遇到风暴，竟漂流到了振州，也就是现在海南岛三亚附近。后来他患上了眼疾失明，但仍不停在各州开讲授戒。直到这个时候，鉴真东渡的决心也没有动摇，发誓“不至日本国，本愿不遂”。

这期间，荣睿为法捐躯埋骨异乡，高足祥彦圆寂了，还有些人离开或故去。直到天宝十二年（753），遣唐使藤原清河等听说此事，前去拜谒请大和尚东渡，这第六次才成功抵达日本，只有普照、思托六度始终陪伴，成此大愿。日本的天皇、皇后和皇太子在次年登坛受戒，一时受戒的多达四百余人。日本以他为律宗的初祖，后来授予他“大和尚”的尊号，对鉴真法师推崇备至。日本奈良时代，真人元开将他的弘法事业撰成《唐大和上东征传》，1957年，著名小说家井上靖又写成《天平之甍》，相隔千余年，所咏斯同。

鉴真法师东渡的故事，读之令人肤栗心颤。“坚韧”二字讲起来容易，到履践时需要的意志力远超想象。试想要怀着怎样的信念，才能在十一年屡次受挫遇险的情况下，依然坚定传法的决心。到现在提到那座寺，人们习惯说大明寺，但塔依然称作栖灵塔。原寺与塔毁于唐武宗“会昌毁佛”之时，此后几度废圮，现在的寺庙为同治年间两淮盐运使方浚颐重建，栖灵塔则重建于1995年。

唐代诗人李白、高适、白居易、刘禹锡、刘长卿等都曾登临栖灵塔，且留下了诗作。李白《秋日登扬州栖灵塔》诗曰：

宝塔凌苍苍，登攀览四荒。

顶高元气合，标出海云长。

万象分空界，三天接画梁。

水摇金刹影，日动火珠光。

鸟拂琼帘度，霞连绣栱张。

目随征路断，心逐去帆扬。

露浴梧楸白，霜催橘柚黄。

玉毫如可见，于此照迷方。

这首诗作于开元十四年（726），李白从南京坐船第一次来到扬州，逗留了一段时间，他一生曾多次到过这个城市。首句写宝塔高凌苍穹，登上之后能向四方看得很远。塔顶高处到了天帝所居元气所合的金台玉阙，标示塔尖，露出海云之上。李白在此用了一些佛教的意象，比如空界，六界之一指无边的虚空；比如三天，欲界天、色界天、无色界天。“水摇金刹影，日动火珠光”两句写得很有气势，金刹是金色的柱子，代称宝塔；宫殿金顶，古人称之为火珠。湖水荡漾宝塔的倒影，宝塔金顶摇动太阳的光辉。对偶句大都在描写栖灵塔的精美宏丽。到“目随征路断”开始引入自己的心情与时序的变化。玉毫是佛祖眉间的白毫毛，右旋宛转，如日正中，放之则有光明。《法华经》载：“尔时，佛放眉间白毫相光，照东方万八千世界，靡不周遍，下至阿鼻地狱，上至阿迦吒天。”李白感慨，假如得见佛祖白毫相光的话，那一定能照耀迷津了。虽然李白后来正式受箓做了道士，但与僧人的交往颇多，这样写主要是从文学的，而非信仰的角度来感慨宝塔的宏丽。诗写得开张超迈，很见诗仙的气质。

唐敬宗宝历二年（826），刘禹锡从和州刺史任上罢职返回洛阳，正赶上白居易从苏州回洛阳，两位诗人在扬州相遇了。席上白居易写了一首《醉赠刘二十八使君》：

为我引杯添酒饮，与君把箸击盘歌。
诗称国手徒为尔，命压人头不奈何。
举眼风光长寂寞，满朝官职独蹉跎。
亦知合被才名折，二十三年折太多。

举目就是春日风光，而人却十分寂寞，满朝那么多人做官，但刘禹锡却十分蹉跎，大概是因为才名太高太重折损了福分，但二十三年贬谪也太久了，命运的强力碾压是人力无可奈何之事。

刘禹锡那首著名的《酬乐天扬州初逢席上见赠》就是在酬答白居易的：

巴山楚水凄凉地，二十三年弃置身。
怀旧空吟闻笛赋，到乡翻似烂柯人。
沉舟侧畔千帆过，病树前头万木春。
今日听君歌一曲，暂凭杯酒长精神。

他贬谪到过朗州、连州、夔州等巴山楚水之地，从贞元二十一年（805）被贬连州，到宝历二年（826），首尾23年。他用了向秀听到邻人吹笛写出《思旧赋》来怀念被司马氏杀死的好友嵇康的典故，怀念好友，表达对时政的不满；又引了晋人王质入山砍柴，看人下棋看到斧柄朽烂，回到家乡发现同时代人都已死去，形容长期贬谪的沧海桑田之感。以沉舟病树自比，惆怅之中有生机。最后感谢白居易赠诗劝勉自己。

这一年，白居易和刘禹锡都已经五十四岁了。元和六年（811）前后，白居易曾给刘禹锡寄过一首诗，有的学者据此推断他们早年即相识，“初逢”乃是泛指。而正是在这一次的相逢后，十六年间两心相照，唱和之作先后结集四次。尤其是大和五年（831）元稹去世之后，失去好友的白居易和刘禹锡的唱和更加频繁。白居易在给刘禹锡的一封信中这样写道：“微（元稹，字微之）既往矣，知音兼为勍敌者，非梦（刘禹锡，字梦得）而谁？”

是扬州促成了两位大诗人的相遇，而他们的行迹也到过大明寺。就在这段旅途中，两人曾同登栖灵塔。白居易有《与梦得同登栖灵塔》诗：

半月悠悠在广陵，何楼何塔不同登。

共怜筋力犹堪在，上到栖灵第九层。

从相遇到一同登塔，不过十余日的时间，竟然已经亲密到遍登扬州的楼与塔。两位年过半百的诗人，居然还有体力一同登上了栖灵塔的第九层塔顶，饱览扬州风光。言辞之间颇为亲密。刘禹锡的《同乐天登栖灵寺塔》则是这样写的：

步步相携不觉难，九层云外倚阑干。

忽然笑语半天上，无限游人举眼看。

每走一步都互相扶持，所以登上九层云外的高塔也不觉得吃力，亲昵中透露着一丝郑重。然后转笔通过游人之眼来写自己：我们两个人的笑语忽然从半空中发出来，那么多游人都抬起眼睛来看呢。不但极写了栖灵塔的高耸入云，也写出了二人相处的惬意相得。从诗的造意练语的角度来说，刘诗要胜过白诗，但诗中两人的亲昵之情却是不分多寡的。

栖灵寺塔以塔势高峻闻名于世，据说规模只比《洛阳伽蓝记》中所记的名塔，北魏胡太后修建的永宁塔稍小。唐武宗会昌三年（843）塔遭焚毁，宋真宗景德元年（1004），僧人可政原址重建七层宝塔，真宗赐名“普惠塔”，到了南宋时又一次倒塌。建筑学家陈从周据此分析，第一次建的是木塔，第二次建的是砖塔。

关于第一座栖灵塔的焚毁，唐人有一段奇异的故事。李冗《独异记》记载，唐武宗听信道士赵归真的话，将要灭佛。在拆寺的前一年，有一位淮南文士刘隐之在明州游玩，梦中似乎在海中漂浮，看到一座塔向东渡海。他看见供养的家僧怀信在塔的第三层倚着栏杆对他说：“我现在把塔送给东海去，很快就回来了。”过了几天，刘隐之回到扬州，马上就去拜访怀信，怀信说：“还记得海上相见的时候吗？”刘隐之忽然记起了全部的梦境。几天后，一场天火将塔烧得干干净净，又恰逢暴雨倾泻，旁边的草堂居然毫无损伤。按照这个故事的说法，高僧不愿栖灵塔毁于唐武宗灭佛之举，假借天火，将塔送到了其他地方。传统志异志怪常有修道之人尸解的传说——或是留下身体或是一物幻化身体遗世升天，栖灵塔一座佛塔竟也有类似尸解的借焚毁遁迹的故事，大约人们总是不希望这样一座出名的宝塔被毁，才为它“安排”了这样一种归宿。

大明寺附近可游赏的地方不少，平山堂也在其内。明代小说《隋炀帝艳史》说隋炀帝开运河，是为了到扬州看琼花，而寺中有一株琼花是清康熙年间住持道宏禅师手植的，是扬州最古老的琼花。苦瓜和尚石涛的墓也在寺中。而常与栖灵塔相提并论的，是大明寺西园的天下第五泉。

唐冯翊《桂苑丛谈》里记载，令狐绹主政淮南的时候，到大明寺游玩，看到西廊墙壁上写着一段隐语：“一人堂堂，二曜重光。泉深尺一，点去冰傍。二人相连，不欠一边。三梁四柱列火然，除却双勾两日全。”其他人都不明白是什么意思，一个叫班蒙的下属说：“这不就是‘大明寺水天下无比’八个字嘛。”众人赞叹为黄绢幼妇之智，询问老僧，得知是一位不知姓名的游客留下的。唐人眼中大明寺的水好到有传奇性，而欧阳修则撰有《大明水记》一文，辨析唐代张又新《煎茶水记》所记录的内容：刘伯刍把适宜煎茶的好水分为七等，以扬子江南零水为第一，扬州大明寺水为第五；陆羽分为二十等，扬州大明寺水为第十二。欧阳修以为此记述与陆羽茶经多有不合，为“妄附益之”。扬州人采用了刘伯刍的排序，称大明寺泉水为“天下第五泉”。

张邦基的《墨庄漫录》记宋哲宗元祐七年（1092）七夕那天，正在扬州做知州的苏轼与晁补之等在大明寺品题泉水，比较塔院西廊井与下院蜀井两种水的高下，认为塔院水更胜一筹。说明大明寺原本有两口泉水。李斗在《扬州画舫录》中引《小志》说，明代僧人沧溟挖出泉水，以及“大明禅寺碑”，在东侧；《扬州揽胜志》的作者，雍乾年间盐商汪应庚凿山池也挖出古井，里面有唐景福钱数十，古砖上刻“殿司”二字，认为就是原塔院井，仿效欧阳修在大明寺建“美泉亭”的旧事建了覆井亭。另一位盐商程梦星观井有“争知第五应谁是，赢得游人取次看”句，一时观者如云。

李斗认为蜀冈本以泉胜，从蜀冈打出来的泉水不分高下，天下高山易无水，蜀冈却能得泉水，因而更见珍贵。覆井亭中的井不一定是苏轼品题过的塔院井的真迹，而梅花厅旁石中之泉也不一定是沧溟所得。古迹多是因人而传，兴衰治废如地质层的重叠，先贤留下的崇高、坚忍、风流、敏捷，才真正构筑了每一处名胜的内核。

瓜洲渡口旅人愁

——作为离别羁旅意象的瓜洲

诗词为什么会令人感动？我们在读到一首诗的时候，有时不是直接触及喜怒哀乐的字面，而是通过类似碧空、芳草、流云、明月、孤舟、群燕等意象，体会诗人细腻深微的情感活动。意是一种心理的意志，象则是外在的形象，如果一个物象带有心理情绪上的主观感受，带有人的情感意志，那就不再只是词汇，而成为了意象。这些物象出现在诗词中，不仅展示其形象本身（很多时候未必是真实存在的），同时在书写主观感受，表达某类共通的情感。意象一旦形成，其指涉的意义会相当稳固，而具有相似意义的诸多意象，又存在具体细节上的细微差别。它们是情感与思想的载体，引导读诗人的思维之旅，读者经由一层凝练过的意象，到达作者之意。这一过程既是读者对作者语意的解谜，也是读者与作者情感的交叠。

扬州有不少地名，都在传统诗词中成为了意象。比如扬州一地，就是珠填玉咽的繁华象征；比如二十四桥，是扬州盛景的集合；比如红桥，在王士禛红桥修禊之后，成了文坛宗主风流雅会的代表。再比如瓜洲，往往与长亭、南浦、灞桥、折柳等意象一样，在古人层层累积的诗词中，积淀出了浓浓的行旅离别之情。宋代词人贺铸“殷勤裁尺素，奈双鱼、难渡瓜洲”句，用了《饮马长城窟行》“客从远方来，遗我双鲤鱼。呼儿烹鲤鱼，中有尺素书”的语意，双鱼既是寄送书信的代称，又有鱼的字面形态，一“渡”字兼扣二义，灵动生姿。

在长江两岸古渡之中，瓜洲声名远播。瓜洲，又作瓜州、瓜步浦、瓜步尾、瓜步、瓜步沙尾、瓜步江沙尾等，在大运河南端与长江的交汇点上，即古人说的“合江口”，位于长江北、扬州南，为南北扼要之地。宋代祝穆《方舆胜览》说：“瓜洲渡，在江都县南四十里江滨。相传即祖逖击楫之所也。昔为瓜洲村，盖扬子江中之沙碛也。沙渐涨出，其状如瓜，连接扬子渡口，民居其上。唐立为镇。今有石城三面。”江中有一块沙洲，由于泥沙淤积逐渐露出水面，因此形状似瓜所以称为瓜洲，也有说漕河至此分为三支状如瓜字故名。祖逖击楫是指晋代祖逖统兵北伐，渡江船到中流拍击船桨，立誓收复中原之事。瓜洲这个南北往来的要地与中流击楫的壮举联系起来，便带有一层收复失地统一国家的含义。

宋孝宗淳熙十三年（1186），在山阴家中的陆游写了那首著名的《书愤》，颔联说“楼船夜雪瓜洲渡，铁马秋风大散关”，这一句中的瓜洲，回忆的是宋高宗绍兴三十一年（1161）发生的事。那一年完颜亮兵分四路攻宋，在采石矶被虞允文所败后，又想从瓜洲渡江，被部下杀死在扬州龟山寺中。陆游的辞意中，在绍兴三十一年的抗金事外，即有祖逖击楫的恢复之志。当然，诗词中的瓜洲，尤为经典的是离别羁旅的情境。

到了唐玄宗开元年间，由于泥沙的不停淤积，瓜洲已经与长江北岸连在了一起。因为地理位置的关系，瓜洲成了过往船只的补给站，商贾经由此地上岸补充粮食和水，短暂停歇。据说那时站在瓜洲城的南门，可以跟镇江金山上的人对话。但沙洲过于巨大，来往船只不得不绕行六十里，绕过瓜洲沙尾到达扬州西南的仪征附近，由仪征运河到达扬州，时间和危险性都大大增加。所以到了开元二十六年（738），润州刺史齐澣在瓜洲开了一段二十五里的新运河，自瓜洲至扬子镇连接大运河，叫作伊娄河，也叫瓜洲新河。当时瓜洲还属于镇江，直到代宗时划给了扬州。新河开凿之后，长江上游的船可以从仪征运河进入扬州，不必绕行瓜洲，江南来的船可以从瓜洲直接进入扬州，于是瓜洲迅速成为航运要地，点点风帆处，皆是旅人。李白《题瓜州新河饯族叔舍人贲》开篇，就在赞扬齐澣的功绩：

齐公凿新河，万古流不绝。
丰功利生人，天地同朽灭。

认为开河的盛举功业，可以与天地不朽。

瓜洲之地理位置优越，一如《嘉庆瓜洲志》所言："瓜洲虽弹丸，然瞰京口，接建康，际沧海，襟大江，实七省咽喉，全扬保障也。且每岁漕艘数百万浮江而至，百州贸易牵涉之人，往还络绎必停泊于是。其为南北之利，讵可忽哉。"俯视镇江京口，连接南京，毗邻大海，屏障于长江之前，是南北交通贸易所经重地。连小说"杜十娘怒沉百宝箱”，也将剧情高潮安排在这样一个客商云集的地方。

不过有生成留驻，就不免有朽坏消失。唐代那位碧纱笼题诗的宰相王播，少年时贫苦，曾寄食瓜洲，为人轻视。后来他出镇淮南，重游瓜洲故居，在给李德裕的诗中写道：“三径仅存新竹树，四邻惟见旧孙儿”，一生所历已觉物人皆非。而地理一旦变迁，便是沧海桑田之感。康熙五十四年（1715）江流主流北移，瓜洲开始坍江，到光绪二十一年（1895）全部坍入江中。现在的瓜洲是原城西北四里埠发展而来。虽然瓜洲已经不见了，瓜洲古渡还在，犹能驻步遥想往昔气象。

因为繁华，又是重要的交通枢纽，来往船只多，所以这里曾上演过无数场离别。唐代诗人刘长卿常在瓜洲送别，《更被奏留淮南，送从弟罢使江东》里的“寒潮落瓜步，秋色上芜城”，《毗陵送邹结先赴河南充判官》里的“芳年临水怨，瓜步上潮过”，《送陆澧还吴中》里的“瓜步寒潮送客，杨柳暮雨沾衣”，写的都是离别之情。诗人笔下瓜洲的离别写得多了，读者看到瓜洲时也容易代入离别的情境。

审美是一种复杂精微的活动，有时一个意象处理妥当，便能让读者感受到作者想要传递的感情。比如看到李白《菩萨蛮》的“长亭更短亭”，自然而然勾动分离与思念——因为秦汉时开始在大道旁置亭舍，所谓“十里一长亭，五里一短亭”，供行人休憩，饯别也常常发生在这里。庾信《哀江南赋》中已经有了“十里五里，长亭短亭”之句，到了唐人诗中更为常见。比如戴叔伦的《赋得长亭柳》，“赋得”体或以古人成句为题，或即景咏物，或为赠别，此诗未必真有送别之事，但把长亭、灞桥、柳树诸多代表离别的意象黏合在一起，哪怕是一份悬空的离别，也会使读者立刻进入到情境中。

这种手法并非不真实，文学的真实有一部分恰恰存在于想象的共谋之中。情感的真实也不一定非要亲身经历，想象同样可以成就名作。比如白居易的这首《长相思》：

汴水流，泗水流，流到瓜洲古渡头，吴山点点愁。

思悠悠，恨悠悠，恨到归时方始休，月明人倚楼。

这首词写的是一个思妇别后的相思之情。白居易当然不是女人，这并不是他的亲身经历。这种借助女性口吻的写作，古人可以升华到“香草美人”的比喻——君臣之间的关系很像夫妇之间，丈夫对妻子有更优势的地位，妻子对丈夫有更高的道德义务。因此当诗人通过思妇、弃妇的口吻思念丈夫表达忧伤与不悔，有时会引发与君臣关系相近的情绪——在下位者有持守有感情，并不因君主的被蒙蔽与无情就改变心志——这在古人看来，是承袭自《离骚》的传统。一个人的自然性别并不是其人格特质的全部，男人也可以细腻，女人也可以勇毅，但文学意义上的女性特质更趋于深情。男性诗人借助女性的口吻得到了情感空间的延展，于不愿直言的世事上多几分吞吐缠绵。而且传统诗在伦理架构上固然有为君为父者的地位视角，但更细腻深沉的表达往往源于下位者。世间对于美好的漠视是一类主题，于被遗弃的困境中坚守道德也是，下位者对情感的承担本身即有诗意的因子。

回到这首词上，这是一条经由水路从中原到江南的路线。词中被思念的行人所乘的船渐行渐远，思妇的感情与想象也随着舟行的路线一路到了江南。上下片的开头各用了两处叠韵，“汴水流，泗水流”与“思悠悠，恨悠悠”，类似水流不断的悠扬，情致绵邈，既直白又言之不尽。而且上片第二个叠韵的地方与下一句顶针，“泗水流”接的“流到瓜洲古渡头”，下片也有恨字的重复，“恨悠悠”接到“恨到归时方始休”，感情强烈而绵密。

汴水东南流向安徽，与泗水合流，流入淮河。泗水则过徐州后与汴水合流入淮河，再经大运河流入长江。这里隐含着拟人的忧伤，汴水和泗水尚能合流，一同流到瓜洲渡，人却不知何时才能再相见。吴山位于浙江杭州，春秋时期是吴国南界，此处泛指江南的山。“吴山点点愁”的“点点”被几位词评家认为是很高明的造句：在瓜洲古渡望向江南，群山是一点一点杳远的轮廓。但这里的景象都是虚写，思妇不可能看到泗水、看到瓜洲古渡、看到吴山，她只能在想像中沿着行人南下的路程，做一次精神上的追随。而回到现实中，她与行人之间是隔着无数山水的。这种绵绵不绝的离愁别恨，只有当行人回到家的时候才能停止。“月明人倚楼”则突然一笔写到思妇直到夜深还在倚楼悬望思念，不知持续了多久。

俞陛云《唐词选释》对这首词的评点颇具美感：“此词若晴空冰柱，通体虚明，不着迹象而含情无际。由汴而泗而江，心逐流波，愈行愈远，直至天末吴山，仍是愁痕点点。凌虚著想，音调复动宕入古。第四句用一‘愁’字，而前三句皆化愁痕。否则汴泗交流与人何涉耶？结句盼归时之人月同圆，昔日愁眼中山色江光，皆入倚楼一笑矣。”晴空冰柱，通体虚明，指的都是这首词的无所隐，没有过于幽深的寓意，但依然能做到无限含情。俞陛云认为末句“月明人倚楼”是行人回到家中与思妇相见，月团圆人也团圆，往昔的愁情化为一笑。究竟哪一种说法更好，就请各位读者来做判断了。

从思妇的角度来说，瓜洲是思念行人时想象中的场景。而对于行人来说，瓜洲则是旅行的一站。宋神宗熙宁八年（1075）春天，王安石第二次拜相，从江宁（南京）北上，在经过瓜洲的时候，写了一首七言绝句《泊船瓜洲》：

京口瓜洲一水间，钟山只隔数重山。

春风又绿江南岸，明月何时照我还。

王安石是江西临川人，但他对南京的感情非常深。幼时跟随父亲王益宦游各地，17岁时随父定居江陵，后王益卒于江陵通判任上。在考取进士之前，王安石为父亲守孝的几年就居住在江陵。嘉祐八年（1063）八月，他的母亲吴氏在开封去世，四十三岁的王安石奉母柩归葬金陵，与父亲一起合葬在钟山，服丧期满后一度留在江陵讲学。到熙宁七年（1074）罢相后，他又一次回到江宁。王安石这一次的起复入京，是从江宁启程的。

关于这一首诗，有一个大家熟知的故事，洪迈《容斋续笔》中“诗词改字”一条记载，吴中士人家藏有这首诗的草稿，第三句“春风又绿江南岸”改了很多遍：“初云‘又到江南岸’。圈去‘到’字，注曰‘不好’。改为‘过’。复圈去，而改为‘入’，旋改为‘满’。凡如此十许字始定为‘绿’。”王安石为了一个字用得妥帖自然，进行了多次修改。钱钟书在《宋诗选注》里说，用绿字做动词，“在唐诗中早见而亦屡见”，并举了丘为“东风何时至，已绿湖上山”、李白“东风已绿瀛洲草”等为例，不知道王安石选定“绿”字，是与唐人暗合，还是想起了唐人诗句欣然沿用。

王安石这一次起复，才刚刚渡过长江，到达瓜洲，却已经将目光投向他来处的江宁，望向钟山。虽然只隔了数重山，但钟山依然被遮住，这样近的距离却看不到，更显出思念之情。第三句经过十数次的修改，用“又绿”写出了春天的时序，写出了时间的不停流逝。三句景物之后，突然引入第四句直白的情思，“明月何时照我还”，他还没有到达汴京，就已经开始思念钟山，想回到钟山去。岸上的草木已经被春风吹绿，而想到王维《送别》诗“春草明年绿，王孙归不归”，绿草是能引动归思的，更何况瓜洲作为长江南北的划分，让王安石仅仅隔了一段江面，就有了江南江北相隔心理感受上的变化。

王安石从熙宁二年（1069）拜相之后锐意变法，但推行新法遭受的阻力和新法自身的缺陷使他深感变法不易，疲于政事，多次请辞相位，直到熙宁七年罢相。熙宁八年起复，此后多次求去，九年再次罢相。有些地方将《泊船瓜洲》说成是熙宁七年的作品，是不符合王安石的行迹与心意的：由南向北，对钟山眷恋不已，不知何时才能回来，这应该是刚刚离去的时候。而所行不远即产生归思，这与他第二次拜相时疑虑的心情相吻合。熙宁九年（1076），他又回到了钟山。

与《泊船瓜洲》差不多同时，王安石还写了一首《入瓜步望扬州》，大约更能看出他疲倦的心里：

落日平林一水边，芜城掩映只苍然。

白头追想当年事，幕府青衫最少年。

宋人邵伯温的《邵氏见闻录》说，庆历五年（1045）韩琦在扬州做知州的时候，王安石在他的幕府中做签判，不过二十出头，正是少年雄心有所作为的时候。他那时每天读书到天亮，小睡一会儿就起身去府里，多不及盥洗。韩琦一度怀疑他夜间饮酒太过放纵，劝他少年人不要荒废读书。在种种记述中，王安石的性格有那么一些偏执，他觉得韩琦不能知人，不肯做他的弟子，一辈子都对韩琦颇有微词。包括司马光《涑水记闻》、朱熹《名臣言行录》等，也采用了两人不和的传闻。而为王安石辩白者则釜底抽薪，认为两人没有共事过，认为韩琦是庆历五年（1045）才出知扬州的，但王安石庆历二年（1042）已到扬州，他在《外祖母黄夫人墓表》中说"舅藩既志其葬，四年，某还自扬州"，则庆历四年（1044）王安石已离开淮南，据此推断这个故事是宋人的杜撰。以为王安石签判淮南的时候，上司是宋庠。但也有人认为这个从扬州回来的"四年"不是庆历四年，而是舅父迁葬外祖母的四年后，他在庆历五年才离开扬州。无论如何，王安石《先状上韩太尉》一文中说"昔者幸以鄙身，托于盛府"，可见两个人曾经有过官属关系。司马光等人关于王韩交恶的说法，恐怕更多还是出于对其人的不满。

三十多年过去了，已白头的王安石，看着近处平林掩映下落日中的扬州城，追昔抚今，感慨随之。韩琦也是熙宁八年去世的，王安石在挽诗中有“幕府少年今白发，伤心无路送灵輀”的句子，无论有无一点对韩琦误会自己的终生不释怀，但看到青年的锐气与垂老的无奈在同一个人身上形成的对照，无可奈何的伤感凸显了时间的无情。

瓜洲的行旅愁思，唐人也早已有之，比如张祜的《题金陵渡》：

金陵津渡小山楼，一宿行人自可愁。
潮落夜江斜月里，两三星火是瓜州。

金陵渡是润州过江的渡口，张祜在金陵渡夜宿的时候，夜江潮水落去落月西斜，已近天曙，对岸星星点点灯火亮处就是瓜洲。行人听潮观月到这时还未睡着，皆是因为无可避愁。这应该也是在由南返北的途中。张祜是一类典型的唐代诗人，出身清河张氏，任侠尚义，喜谈兵剑，有“海内名士”之称，却始终不得一官。后来他漫游苏杭，长期在扬州一带客居。《唐摭言》中有一段记载，白居易做杭州刺史时，不少江东的文士想要得到他的推荐。张祜也不例外，以为自己一定能夺魁，得到荐举的机会。他踌躇满志地拈出自己写甘露寺的“日月光先到，山河势尽来”和写金山寺的“树影中流见，钟声两岸闻”，没想到徐凝说：“这诗不错，但还是不如我的‘千古长如白练飞，一条界破青山色’。”白居易更欣赏徐凝的诗作，于是张祜无功而返，后以布衣终生。

与张祜相比，王安石无疑是达者。然而在不能实现自身理想的痛苦程度上，大概布衣和宰相并没有太大的区别，甚至能与想念行人的思妇有所共鸣。那一刻，瓜洲成了人生旅途不得不面对的一处南北分界点：过此便是江南、江北。只是无论失意在何处，总不能不渡过长江，不能不度过人生的关卡。

色香如幻复如真

——扬州名寺花事随撷

古刹名寺游客云集之处，往往有奇花碧树点缀其间，青松随岁而苍，异卉逐时而坼。尤其是花，花期盛时不过月余，开日丽萼娇蕤潜馨垂露，落时摧柔飘艳弃粉遗葩。到极艳处一旦凋零，在名寺的背景下尤富于禅意与诗性。

禅智寺是扬州名刹，唐人诗中多有提及。唐文宗开成二年（837），杜牧的弟弟杜顗眼疾恶化寄居扬州，于是杜牧带了眼科名医石公集来扬州医治，在禅智寺中见到了患病的弟弟。在此期间，杜牧写了一首《题扬州禅智寺》，诗曰：

雨过一蝉噪，飘萧松桂秋。
青苔满阶砌，白鸟故迟留。
暮霭生深树，斜阳下小楼。
谁知竹西路，歌吹是扬州。

此诗极写禅智寺的清幽：秋雨过后，只剩下一只蝉在鸣叫，可知暑气已经退去，夏日已经消尽。“飘萧”是形容风声，凉风在松树桂树间带来了秋日的消息。台阶上遍布青苔，白鸟眷恋不愿离去。黄昏时暮霭在树丛中弥漫，斜阳西下，似从小楼坠下。禅智寺在扬州城东十五里，寺前有桥跨过旧官河，竹林西面，官河北岸，那隐约飘来歌声的地方，就是扬州城啊。

这首诗的末联非常知名，《唐宋诗举要》说其“结笔写寺之幽静尤为得神”。而且就因为“谁知竹西路，歌吹是扬州”一句，禅智寺有了“竹西寺”这样一个别名，扬州有了“竹西”这样一个代称。

禅智寺旧址在扬州东门外月明桥北，又称上方寺、上方禅智寺。据说原来是隋朝的行宫。唐代诗人刘长卿曾久居扬州，尤其是茱萸湾一带。他的《禅智寺上方怀演和尚，寺即和尚所创》一诗有“买园隋苑下，持钵楚城中”之句，说禅智寺是怀演和尚募化建起来的。再想想唐代诗人张祜的那首《纵游淮南》：

十里长街市井连，月明桥上看神仙。

人生只合扬州死，禅智山光好墓田。

扬州的繁华，禅智寺一带的风光，竟能让张祜愿埋骨于此，可见是何等迷人。禅智寺直到清代还很出名。乾隆南巡的时候曾多次到过禅智寺，并曾题“竹西精舍”的匾额。咸丰间寺毁于兵火，同治、光绪年间重建只恢复少数殿堂，抗日战争期间国民党军又拆毁了寺庙的殿房，以前的“禅智寺八景”已无存，但有关禅智寺的诗歌和有关禅智寺芍药花的故事仍在流传。

金庸武侠小说《鹿鼎记》中，主角韦小宝衣锦还乡，想把禅智寺芍药圃中的芍药花尽数拔去，以报幼年折花被和尚打之仇。但扬州芍药驰名天下，禅智寺前的芍药圃尤其宏伟，名种千百，花大如碗，毁去实在可惜。于是，布政司慕天颜摘了一朵芍药花，给韦小宝讲了一段关于芍药花的故事，保住了这名寺的一处名迹。

慕天颜所讲的这段故事，在宋人的笔记，比如陈师道《后山丛谈》、周煇《清波杂志》、彭乘《墨客挥犀》、蔡絛《铁围山丛谈》等书中都有记述，尤数沈括《梦溪笔谈·补笔谈》里的记述最为详尽。

庆历年间，韩琦在扬州做太守。有一天，禅智寺前的芍药圃中有一朵芍药花，一干分了四个枝杈，每枝上各开一朵花，上下都是红色，中间拦着一道黄色花蕊。当时扬州的芍药还没有这个品种，后来被称为金带围或者金缠腰。韩琦打算办一个宴会，再邀请身份相敌的三位客人一同赏这四朵花，以应此花的祥瑞。

当时，王珪、王安石两人都在大理寺供职，也正好在扬州幕中，韩琦便邀他们一同观赏。因为是四朵花，于是又邀请了扬州钤辖诸司中官位最大的一位充数——这位连名字都没能留下来——因为身体不适又留出了空缺，韩琦只好在过客中再找一位朝官与会。于是，大理寺丞陈升之入选。饮酒赏花到一半，韩琦剪下四朵芍药花，每人头上插了一朵，成了一次极大的盛宴。奇异的是，此后的三十年，簪花的四个人先后做了宰相。这就是鼎鼎有名的“四相簪花”，以至于后来传说此花一开，城中就要出宰相。

韩琦在扬州期间，有一首《答袁陟节推游禅智寺》，有“丛花乱芍药，篱竹擢琅玕”的句子，也写过龙兴寺的芍药。扬州的芍药是诗中常客，北宋王观、孔武仲都有《扬州芍药谱》，风头甚至盖过了扬州独一无二的琼花。扬州芍药一直繁盛到清代，李斗《扬州画舫录》里说：“花市始于禅智寺，载在郡志。王观《芍药谱》云，扬人无贵贱皆戴花，开明桥每旦有花市。盖城外禅智寺、城中开明桥，皆古之花市也。”扬州有花市，有花会，夏天就是牡丹、芍药、荷花，尤其是芍药花，天下闻名。在花市、花会上，无论文人雅士巨贾富商，或是乡野村民，都来赏花。禅智寺的芍药就是扬州芍药的代表，然而极美之物往往也会招致觊觎。

《墨庄漫录》中记载，因扬州盛产芍药，其妙者不减于牡丹名品姚黄魏紫，所以蔡京到扬州做太守的时候，在花期效仿洛阳牡丹万花会，办起了扬州芍药万花会。洛阳牡丹花会是要在宴会的场所用花来做屏帐，梁栋柱拱之上，也都用竹筒贮水插花钉挂在上面，一定要达到举目皆花的效果。蔡京的芍药万花会也不遑多让。元祐六年（1091），继任的王存也依样大办芍药万花会。晁补之见证过这种万花会，他在《望海潮·扬州芍药会作》一词中写道：

人间花老，天涯春去，扬州别是风光。

红药万株，佳名千种，天然浩态狂香。

尊贵御衣黄。未便教西洛，独占花王。

困倚东风，汉宫谁敢斗新妆。

年年高会维阳。看家夸绝艳，人诧奇芳。
结蕊当屏，联葩就幄，红遮绿绕华堂。
花面映交相。更秉菅观洧，幽意难忘。
罢酒风亭，梦魂惊恐在仙乡。

在万花会上万株芍药，名品千种，不输于洛阳的牡丹。“结蕊当屏，联葩就幄，红遮绿绕华堂”就是牡丹花会上花为屏帐，四处钉满花瓶的模仿秀，厅堂之上都是芍药花，确实是盛会。

但这些芍药花多是从民间征来的。万花会办得热热闹闹，却要等到十几天，众花开残之后，才会还给各园，或者干脆被弃置不顾。在这个过程中，多有胥吏从中渔利，扬州人不堪其苦。到了元祐七年（1092）春天，苏轼到扬州做太守，正好赶上芍药花季，手下人说有芍药万花会的旧例。但苏轼听取了百姓的意见，知道举办万花会对民间有损，所以取消了这项活动，于是扬州人十分欢欣鼓舞。按照《墨庄漫录》的说法，“公为政之惠利于民率皆类此，民到于今称之”。苏轼在扬州不到一年的时间，就有《知扬州状奏略》《议减淮南盐价奏略》《辩论仓法制子》《乞免追理扬州积欠疏略》《乞令扬州税务免收粮纲税钱疏略》等疏奏，宽政爱民，足见其一片拳拳之心。

取消万花会后，苏轼在给王定国的信中写道：“扬州芍药为天下冠，蔡延庆（《仇池笔记》作蔡京，李之亮考蔡延庆在苏轼知扬州前几年都在北方为官，应为蔡京、蔡卞兄弟元祐三年（1088）至元祐五年（1090）在扬州做太守的事，为东坡一时误记）为守，始作万花会，用花十余万枝。既残诸园，又吏因缘为奸，民大病之。予始至，问民疾苦，遂首罢之。万花会，本洛阳故事，而人效之，以一笑乐，为穷民之害。意洛阳之会，亦必为民害也，会当有罢之者。钱惟演为洛守，始置驿贡花，识者鄙之。此宫妾爱君之意也。蔡君谟始加法，造小团茶贡之。富彦国曰：‘君谟乃为此耶？’”在苏轼看来，模仿洛阳搞万花会是搜刮百姓的大害，他又举了钱惟演在洛阳最早将牡丹花进贡给朝廷和蔡襄造小龙凤团茶进贡这两件事为例，认为以精美之物靡费民力来取悦君主，是宫女爱君主的方法，而不是君子爱君主的方法，语气尖锐。苏轼在《荔枝叹》诗说“洛阳相君忠孝家，可怜亦进姚黄花”，又把钱惟演进贡牡丹花的事跟进贡荔枝相提并论，对此类劳民伤财的事情是一以贯之的鄙视。后人将苏轼奉为芍药花神，就因此事而来。

但并非所有诗文中提到的扬州芍药，都实指扬州的芍药花。有时候，诗里的“扬州”是指向芍药花的一个经典意象。苏轼曾为花鸟名家赵昌的画作题诗《赵昌四季·芍药》道：

倚竹佳人翠袖长，天寒犹著薄罗裳。
扬州近日红千叶，自是风流时世妆。

千叶是千瓣，近日扬州城内千瓣红色芍药，未必是实指。因为这是题画诗，诗人是将图中的芍药与扬州花事联系起来，点出极则，盛言其势。看到芍药就想到扬州，乃是因为扬州芍药的盛名，使得扬州带有芍药盛处的含义。

苏轼还有一首《浣溪沙》：

芍药樱桃两斗新。名园高会送芳辰。
洛阳初夏广陵春。红玉半开菩萨面，
丹砂浓点柳枝唇。尊前还有个中人。

明末刻书大户毛氏汲古阁给这首词加了一个小题“扬州赏芍药、樱桃”，认为这是苏轼在扬州所作。清人王文诰《苏诗总案》则认为这是“元祐七年（1092）四月，颍州西湖成，和赵令畤韵赏芍药樱桃作《浣溪沙》词。”而《唐宋词汇评》编在元丰元年（1078）三月，则是依照明吴讷《唐宋名贤百家词》的小题“同上”，即上一首《浣溪沙》“惭愧今年二麦丰”的小题“徐州藏春阁园中”。《唐宋名贤百家词》抄本之底本为南宋曾慥所编《东坡词》，文献价值较高，较汲古阁本更可信。

如果“广陵春”三个字实指是扬州，“洛阳初夏”四字又当作何解呢？有人认为指两地地气有先后，或者此时此地的芍药花堪比洛阳初夏的牡丹盛会。但下片的两句，分别以芍药樱桃比喻美人，则上结不应只扣芍药一物。“红玉半开菩萨面”指芍药花，用唐人王磷“芍药花开菩萨面”残句，以及《西京杂记》“赵飞燕与女弟昭仪，皆色如红玉”以红玉形容美女肤色的比喻。“丹砂浓点柳枝唇”指樱桃，柳枝即白居易的妾樊素，因擅唱《杨柳枝》而得此名。《本事诗》说白居易晚年让樊素离开时有“樱桃樊素口”一句。唐代杜宝《大业杂记》记述东都洛阳“道旁植樱桃、石榴两行”，《唐两京城坊考》洛阳履信坊内李仍叔宅有樱桃园，是一时名园，刘禹锡、白居易都曾吟咏过。北宋宰相、药理学家苏颂说：“樱桃，处处有之，而洛中者为盛。”洛阳的樱桃有名，扬州的芍药花有名，因而用两个地名作为一种果品和一种鲜花的典型，并在一起去写，点出春夏之交的时序，写席上的樱桃与芍药，写席上和樱桃芍药一样鲜艳的美人。

毛氏汲古阁刊刻流传词集有功，但也有径改词牌、加小题的不严谨。比如苏轼另一首《蝶恋花》“别酒劝君君一醉”，因为有“清润潘郎”用潘岳去形容所送之客这一句，汲古阁就加了“送潘大临”的小题，依据南宋吴曾《能改斋漫录》却不取于苏轼友人赵令畤《侯鲭录》的说法——以为此词是苏轼在黄州写给潘大临的，实际上是在徐州写给郑彦能的，潘郎只是形容被送行之人的容貌清丽。毛氏之所以将前一首《浣溪沙》小题标明扬州，究其心理，大约是扬州自有名花，扬州二字自饶诗客风流。这就好像明清小说中，才子佳人常是苏州人一样。

扬州还有一座寺院以花为名，且有一段著名的诗案，这就是木兰院。王播“饭后钟”的故事大家应该比较熟悉了。王播少年时丧父贫苦，后来寄居在惠昭寺中，惠昭寺又叫石塔寺，因为寺里木兰花开得好，所以又叫木兰院。为了解决温饱，王播每天听到寺里开饭的钟声，就跟随众僧到斋堂去吃斋饭，木兰院的和尚很不高兴，有一天吃完饭才开始敲钟，等王播赶过去的时候已经晚了，于是他在墙上题了两句诗："上堂已了各西东，惭愧阇黎饭后钟"，阇黎即梵语僧人的音译，蹭饭蹭得让和尚饭后敲钟，自觉惭愧。但人生际遇不可预料，王播在贞元十年（794）中进士，长庆元年（821）为宰相，次年兼扬州长史、淮南节度使盐铁转运使。他再次来到木兰院，看到墙上题诗已用碧纱笼罩保护起来，于是又续了两句："三十年来尘扑面，如今始得碧纱笼。"接着又题了一首："三十年前此远游，木兰花开院新修。如今再到经行处，树老无花僧白头。"王播寄居的时候，正值木兰花开寺院翻修。而现在木兰树已老得不开花，僧人也白了头。但王播自己呢？游客二三十年间身份的巨大变化，隐于这些字句的后面。

苏轼在扬州做太守的时候，写了一首《石塔寺》诗，小序里说："世传王播《饭后钟》诗，盖扬州石塔寺事也。相传如此，戏作此诗。"诗曰：

饥眼眩东西，诗肠忘早晏。

虽知灯是火，不悟钟非饭。

山僧异漂母，但可供一莞。

何为二十年，记忆作此讪。

斋厨养若人，无益只贻患。

乃知饭后钟，阇黎盖具眼。

大意是说，王播饿得两眼昏花，忘记了时间，虽然知道有灯就有火的逻辑，却不明白敲钟与饭并不一定有必然联系。僧人不是救济韩信的漂母，这件事笑一笑也就过去了。为什么过了二十多年还记得，并写诗讥讽僧人呢？以前在斋堂吃了那么多饭养活他，如今没有落个好处，反而有坏处。所以，是和尚们看出了王播的本性，才做出“饭后钟”这样的事。此诗批判的视角有其史论出语惊人的味道。

但后世人颇有不同于苏轼的看法。乾隆年间诗人王藻题咏木兰院说“英雄失落时，一饱不易得……坡公恣讥嘲，戏语未为是”，对东坡的讥讽不以为然。学者阮元也不能赞同。古木兰院的僧人不介意曾被讥讽过，曾请阮元题碧纱笼的匾额。阮元便写了一段《碧纱笼石刻跋》：“王敬公（即王播）之才之遇岂阇黎所能预识，为之笼碧纱亦至矣，而犹此诗愧之，偏矣。敬公相业诚有可讥，然其浚扬州大渠利转运，此盐铁济军国之需，亦不为无功。坡公以阇黎为具眼，亦过激之论也。”认为王播虽然作诗讥讽木兰院的僧人，做得过分了一点，但毕竟有疏通水利的贡献，苏轼说和尚们看出王播的人性才这么做，是过激之论。阮元又有《木兰院》一诗调和二古人：“我念木兰院，废城隋故宫。一林黄叶树，千载碧纱笼。礼塔思坡老，闻钟谈敬公。墓庵殊不远，香火老僧同。”自注：“木兰院即王播题诗处，离雷塘墓不远。”引雷塘墓出来意在说明千载是非终归尘土，空留遗迹而已。

与人的生命相比，花事飘零太容易，但在更长的历史中，人事代谢也显得那么迅速。花的美丽塑造传奇也招致祸患，人的言行则有后世不同的是非判断。而花事人事的遗迹传奇，则供人评点至今。

寻迹前贤步蜀冈

——文章太守的平山堂

海内之大，山势各有可观，险峻雄奇有之，清幽灵秀有之，这些还是天工造化。至于西湖孤山，扬州蜀冈，则山不在高，前贤郁郁英气自有可观。

蜀冈山势绵延四十余里，西接仪征、六合，东北抵茱萸湾，与金陵相对。淮夷南迁建立的干国，据说就在古蜀冈，那里曾是濒江的高岸，也是吴王夫差筑邗城的地方。公元前319年，楚怀王筑广陵城，也在蜀冈之上。因而广陵这一地名与此地关联的比扬州要更早。

到了唐高祖武德九年（626），扬州大都督府由丹阳（也就是现在的南京）迁到蜀冈，从此扬州成了此地的专称。唐代大都督府以下官衙集中在蜀冈上的子城，其前身是隋炀帝的江都宫。子城在损毁的江都宫城墙上加以修补，可俯瞰蜀冈下的罗城。乾符六年（879），淮南节度使高骈曾“缮完城垒”。

高骈是难得的文武兼备之才，一个弓马娴熟的武人，一个可以一箭双雕的“落雕侍御”，偏又能写诗，且雅有奇藻。“水晶帘动微风起，满架蔷薇一院香”允称名句，在扬州与幕宾玩笑又有“将军醉罢无余事，乱把花枝折赠人”，自饶诗酒风流。他曾大破过黄巢军，却为了保存实力，坐视两京陷落。广明元年（880）长安失陷，僖宗狼狈逃到四川，此时高骈上表力陈幸蜀之弊，请僖宗巡幸江淮，称“江淮为富庶之乡，吴楚乃繁华之地”“扬都奥壤，桂苑名区。四夷之宾易朝天，九牧之贡无虚月”。后来更请迁都扬州。而帮他起草《请巡幸江淮表》《请巡幸第二表》等表文的崔致远也不寻常，是个新罗人，乾符元年（874）进士及第，在朝鲜文学史上大大有名。

高骈在给随驾的宰相萧遘的信中，不遗余力地推荐扬州：“淮南乃寰中俗富，阃外名高，喻为金瓯，永无亹缺，比于玉垒，实异繁华……则今日荆蜀灾星，未能退舍，吴楚福地，实可迁都。”这当然有他政治上的野心和私心，但高骈做过成都尹、剑南西川节度使，对两地的了解自非他人可及，他对扬州的繁华是大有信心的。

可惜唐僖宗并不领这个情，还削夺了高骈的兵权。也许在打击之下的人总会选择相信些什么以自安心，高骈晚年属意神仙，被一群方士用小手腕骗得晕头转向，奢靡无度，因而造成祸乱，为部将毕师铎囚杀。《广陵妖乱志》一书详细记载了唐代那群骗子忽悠高骈的各种手段。明人胡应麟《四部正讹》认为此书是罗隐所作，说罗隐早年想要给高骈当幕僚，但不得志，又因落魄所以好讪谤之词，这才作了此书诋毁高骈。但两唐书、《资治通鉴》都有高骈晚年听信吕用之等方士的记录，这就不能用罗隐性格如何来为高骈开脱了。

高骈之死带来了不可消弭的影响，洪适说，扬州经“毕师铎、孙儒之乱，荡为丘墟”。雕墙峻宇筑起何等艰难，偏偏容易毁于一旦。

古人认为蜀冈是昆仑山的余脉，所以又叫“昆仑冈”。唐初魏王李泰《括地志》引了汉代《河图括地象》的说法，认为“昆仑山横为地轴，此陵交带昆仑，故曰广陵也。”南朝鲍照《芜城赋》“轴以昆冈”句，也是此意。那么蜀冈地处扬州，何以名蜀？一说蜀冈是蜀山的余脉。南宋祝穆《方舆胜览》说：“旧传地脉通蜀，故曰蜀冈。”北宋《太平寰宇记》则说："冈有茶园，其味甘如蒙顶。"蒙顶在蜀，故以名冈。还有一种说法很有意思，认为蜀冈就是独行之山，清代姚旅《露书》言："《尔雅·释山》谓独者蜀，虫名，好独行，故山独曰蜀。汶上之蜀山，维扬之蜀冈，皆独行之山也。"有一种独行的虫叫蜀，而此山独行像条蜀虫，因此名为蜀冈。

蜀人苏轼更愿意接受蜀冈与四川的关联。他的《归宜兴留题竹西寺三首》其一写道：

十年归梦寄西风，此去真为田舍翁。

剩觅蜀冈新井水，要携乡味过江东。

写诗的这一年是元丰八年（1085）。前一年，有人谣传贬谪黄州的苏轼已去世，这件事引起了神宗皇帝的注意，决定把他"量移汝州"，酌情调动到汝州去做个闲职。因幼儿夭折，汝州路遥，赀用已尽，苏轼请求到常州居住。元丰八年三月神宗驾崩，苏轼在南都应天府举哀成服后返回常州，五月途经扬州，游竹西寺，写下了这三首诗。这里的西风不是秋风，而是诗人想要回到西川的想象。思乡之情不可遏，看到蜀冈上的蜀井，想到此处相传地通西蜀、水通岷江，竟把蜀冈的泉水当作家乡的味道。苏辙回应兄长也有“南来应带蜀冈泉”句，晁补之也有“蜀冈势与蜀山通”句，颇有点直把扬州作益州的意思。

说到苏轼这些宋代的文人士大夫，蜀冈上有一必去之处——平山堂。

《扬州画舫录》说：蜀冈有三峰突起：中峰有万松岭、平山堂、法净寺诸胜；西峰有五烈墓、司徒庙及胡、范二祠诸胜；东峰最高，有观音阁、功德山诸胜。平山堂位于蜀冈中峰，大明寺西。始建于宋仁宗庆历八年（1048），当时欧阳修任扬州知州，在此筑堂宴客。《扬州画舫录》中说：“江南诸山，拱揖槛前，若可攀跻。”蜀冈不高，但望中山势低缓，远山似与堂平，因此名叫平山堂。平山堂竣工时，欧阳修在堂前亲手植了一株柳树，人称“欧公柳”。

平山堂悬有“坐花载月”“风流宛在”匾额，这都是欧公旧事。北宋叶梦得《避暑录话》记载，每到夏日，欧阳修便于凌晨带着客人出游。他派人在邵伯湖上摘千余朵荷花，插在一百多个花盆内，放在宾客之间。酒宴开始后，就取出一枝荷花让客人次第相传，每人摘一片花瓣，摘到最后一片的那个人须饮酒。如此传花劝酒，往往饮到深夜，与月色同归。平山堂悬有“晓起凭栏，六代青山都到眼；晚来对酒，二分明月正当头”一联，正是撷取了这一幕风流。

欧阳修离开扬州后，写过一首《朝中措·送刘仲原甫出守维扬》怀念他所种的柳树：

平山栏槛倚晴空，山色有无中。
手种堂前垂柳，别来几度春风。
文章太守，挥毫万字，一饮千钟。
行乐直须年少，尊前看取衰翁。

既有对当年诗文雅会的自得，也有对盛年不再的感喟。而宋神宗元丰二年（1079），苏轼来游平山堂的时候，想到七年前作古的恩师，想到自己近年的际遇，便作了一首《西江月·平山堂》：

三过平山堂下，半生弹指声中。
十年不见老仙翁，壁上龙蛇飞动。
欲吊文章太守，仍歌杨柳春风。

休言万事转头空，未转头时皆梦。

他在熙宁四年（1071）从汴京赴任杭州通判，路过颍州时曾拜见过欧阳修，也是两人最后一次见面，之后熙宁七年（1074）从杭州移知密州，元丰二年这一次从徐州移知湖州，三次都经过了扬州。第三次经过平山堂，斯人已去，而堂壁上墨迹犹存，杨柳依旧，犹可一歌。有朋友说“三过平山堂下，半生弹指声中”，是聪明人被打磨后的光泽。聪明人故而知道笔势情感行迹何处应收。人生如梦，而如何面对此梦各有不同选择。白居易说“百年随手过，万事转头空”，苏轼说：“未转头时皆梦”，则“梦”与转头离开人世的“空”相对，如梦之境也可视为真切实在。于生死大处豁达，于生活细处寄情，这是东坡的态度。

宋人张邦基《墨庄漫录》记录了一则“欧公柳”的后续：宣和二年（1120），薛嗣昌做扬州知州，羡慕欧阳修风流旧迹，于是在“欧公柳”旁又种了一株柳树，自己称之为“薛公柳”。这本来是踵武前贤的韵事，奈何政绩文章乏善可陈，此举惹得扬州人私下嗤笑，等他一离任，就把树砍掉了。张邦基评价说：“不度德有如此者！”世间有不可学而得至的事，容色不可学，衣饰不足恃；气度不可学，身份不足恃；才情不可学，鼓吹不足恃；富贵不可学，品味不足恃。效颦往往只能自取其辱。

平山堂的另一位文章太守，是欧阳修最得意的弟子苏轼，他做扬州知府的时间并不长，只有元祐七年（1092）里的半年，政务上却大有功绩。他在杭州时已注意到了积欠，即百姓所欠官税的重压，此次从颍州往知扬州，一路上常屏去吏卒，亲入村落，访问父老，深知百姓多为积欠所困。到了扬州任上，苏轼五月两度上奏哲宗请求免除积欠。其《论积欠六事并乞检会应诏所论四事一处行下状》一文写道父老哀哀泣语："丰年不如凶年。天灾流行，民虽乏食，缩衣节口，犹可以生。若丰年举催积欠，胥徒在门，枷棒在身，则人户求死不得。言讫，泪下。臣亦不觉流涕。又所至城邑，多有流民。官吏皆云，以夏麦既熟，举催积欠，故流民不敢归乡。"农人哀泣如在目前，收割夏麦这么重要的事，竟然因为害怕胥吏催收积欠不敢回乡。明代藏书家茅坤对苏轼此文的评价是："民困吏弊，指画如掌，今之郡县，不可不榜之堂而旦夕诵之。"苏文一向有束缚不住的奇气，而恳切陈词之时，奇气转为沉吟，也有极大的打动人心的力量，读之不免堕泪。

六月朝廷下诏应许其请，宽减平民积欠。七月，苏轼在《和陶饮酒二十首》第十一首中写下“诏书宽积欠，父老颜色好”，到此时，他终于做到了“使欠困之民，稍知一饱之乐”，才在诗中一抒快意。与传说中或飘然若仙或诙谐洒脱的苏东坡相比，现实中的苏轼更多筹划治理的才干，且很务实。在扬州短短几个月，他取消了劳民伤财的万花会，又上奏请求允许漕运船工适量带些南方土产到北方售卖，解决了夹带私货的法律问题与船工生计之间的矛盾。

欧阳修是苏轼的座师，曾在写给梅尧臣的信中给了当时还很年轻的苏轼极高的评价：“读轼书，不觉汗出。快哉快哉，老夫当避路，放他出一头地也。”便是出人头地这一成语的由来。苏轼做了扬州知府后，在平山堂后修建谷林堂纪念恩师，且作诗纪之。

《谷林堂》诗曰：

深谷下窈窕，高林合扶疏。

美哉新堂成，及此秋风初。

我来适过雨，物至如娱予。

稚竹真可人，霜节已专车。

老槐苦无赖，风花欲填渠。

山鸦争呼号，溪蝉独清虚。

寄怀劳生外，得句幽梦余。

古今正自同，岁月何必书。

写秋风初下，新堂筑成，雨后游之，种种景物似特来取悦。这首诗澹如疏朗，而“寄怀劳生外，得句幽梦余”，人生如梦，他做得诚挚。

此地有风流太守遗迹，自然文士纷来酬唱。王安石、梅尧臣、秦观等，俱有平山堂唱和之辞。平山堂在宋代已经过几次重修，景定初年李庭芝为了抵抗元军，筑大城将平山堂包入城中。此堂元代一度荒废，明万历年间重修。康熙三年（1664）王士禛与诸名士唱和红桥，其《冶春绝句》有“平山堂下五清明”句。康熙十三年（1674），扬州知府金镇重修平山堂，在堂后增设楼宇祭祀历代扬州知州。毛奇龄、魏禧、汪懋麟、李渔等人作诗盛叹。后人对于先贤的向往之情强烈到一定程度免不了要效法。孔尚任康熙二十五年（1686）到扬州，眼中前贤声名不灭，悠然神往，他几次过平山堂，先有《平山堂题壁》诗：“放眼晴空万事无。沉吟座上想欧苏。春风杨柳挥毫处，一幅江山好画图。”冬夜又住在平山堂看月，很快就忍不住补种了平山堂的柳树：“太守行吟路，春风几度荒。从新删乱竹，照旧补垂杨。园老遗佳本，山僧得种方。明年寒食节，烟雨满空堂。”想学欧苏风流又有薛嗣昌前车之鉴，加一补字，隙地稍安。欧阳修太遥远，但王士禛还是可以抗衡一下的嘛。渔洋标举红桥修禊，他便寻出一处傍花村隐隐对峙，创意大佳，然仍达不到江楼齐唱冶春词的盛景。不久他结识了76岁的冒辟疆，次年冒辟疆专程到兴化寺里访他，私下大约讲述了不少明遗民的见闻。做不了文章太守，那还是写传奇吧。

平山堂外一副对联颇饶风致：“过江诸山到此堂下，太守之宴与众宾欢”，这是清代扬州知府伊秉绶所作。以高山喻高士，借醉翁之句，抒太守之情。这一联写得佳妙，伊秉绶与扬州也缘分匪浅。嘉庆十年（1805）他在扬州赈灾得力，惩恶扶困，且为人耿洁清廉，深得百姓爱戴，后因丁父忧离开扬州。嘉庆二十年（1815）伊秉绶赴京途中小住扬州，因肺炎病逝。扬州百姓得知后，把这位卸任的知府供奉在三贤祠里，和扬州历史上三位著名的太守欧阳修、苏东坡、王士禛放在一起祭祀。《芜城怀旧录》赞曰："扬州太守代有名贤，清乾嘉时，汀州伊墨卿太守为最著，风流文采，惠政及民，与欧阳永叔、苏东坡先后媲美，乡人士称道不衰，奉祀之贤祠载酒堂。"扬州百姓心如明镜，"薛公柳"要砍，三贤祠要加祀，这些最朴素的感情反而往往是最公正的。

寻章觅句并非雕虫小技，前贤之所以为前贤，非止诗文之谓。文章太守应为经纶手，时时以生民为念，不然即使有高骈的诗才勇力，也不免被欧阳修在修《新唐书》时划入叛臣之列。

忠魂犹绕梅花岭

——这个书生为扬州添了几缕忠义之气

在社会大变革时期，成功者往往并非循规蹈矩，而是善于在守规和不守规之间跳跃周旋的人。但在同样的时代，在无数识时务懂进退的身影外，却仍有一些看似固执不变通的人，为天地添几缕忠魂，一丝正气。人间事盛衰兴亡周而复始，后人评判前人时很难不带出自身所处时空的视角。回到历史现场，死并不是一个草率的决定，而是一种理性的殉道。所殉的有不恒常的一家一姓的天下、不恒常的道德，也有恒常的对于道德的追求。梅花岭之于扬州，就是这样一个彪炳青史的标志。这一切，都是因为史可法。

几年前，陪着几位朋友到梅花岭史公祠拜谒。梅花岭附近原有宋末抗元志士李庭芝、姜才祠堂的“双忠祠”，后因修琼花路拆除。万历年间，扬州知府吴秀疏浚城壕时，把挖出来的淤泥堆成土岭，之后在岭上广植梅花，建楼台池榭，遂为一时风景，名为“梅花岭”。

拜谒之时正值暮春，史公祠内有一株据称已三百年的“赵粉”牡丹开得正好，花冠硕大，以致花茎力不能支，若美人醉倒。看花时相对默默，几个人快步走到衣冠冢，墓碑上书“明督师兵部尚书兼东阁大学士史公可法之墓”。同行有一位研读清初史料的姑娘，屏气凝神地献上一份果品后鞠躬后退，此后才开始谈笑。祠内游人寥寥，但冢前鲜花四时不断。

清代诗人蒋士铨有一首《梅花岭吊史阁部》：

号令难安四镇强。甘同马革自沉湘。
生无君相兴南国，死有衣冠葬北邙。
碧血自封心更赤，梅花人拜土俱香。
九原若遇左忠毅，相向留都哭战场。

四镇是南明政权的淮安、扬州、庐州、泗州等四个重要军区。马革是包裹尸体的马皮。北邙山是洛阳城北的墓葬之地，代指梅花岭，左忠毅是史可法的老师左光斗。留都为迁都之后的旧都，指南京。史可法一生最重要的行迹就在这里了：四镇不听从号令拥兵自重，而史可法为国捐躯。其生前未能复兴明朝，死后衣冠葬在了梅花岭。像苌弘一样封存碧血的忠心更加鲜红，梅花岭前拜祭的人多了，连泥土都带有香气。假如在九泉之下遇到老师左光斗，恐怕要对着南京大哭战事了。

史可法守扬州是一场非常惨烈的战役，从胜负的角度上来说，独木难支、护不住南明小朝廷的史可法，以及饱经战乱的扬州，无疑是输家。可是输赢并不是历史唯一的评判标准。史可法以他的骨鲠，使扬州在柳浪莺声之外，又多了几分浩然正气。史公祠正中飨堂悬着一副对联，是清人张尔荩所作："数点梅花亡国泪，二分明月故臣心。"梅花岭是史可法的埋骨之处，而"数点梅花"又可以比拟明人亡国之痛落下的泪水。"二分明月"是用徐凝"天下三分明月夜，二分无赖是扬州"之意，以"二分明月"代指扬州以及史可法天地可鉴的忠心。

史可法（1602—1645），字宪之，河南祥符（今开封）人。顺治二年（1645）四月，史可法孤军困守扬州，城破后殉国。《伪满宫廷杂忆》记载，末代恭亲王溥伟故后，其所藏御赐物品中有一柄腰刀，上镌“此刀曾杀第一忠臣”八个字。据多铎九世孙宝熙等人说，这正是当年豫亲王多铎杀死史可法的旧物。

“第一忠臣”史可法并非生来就是英雄，也是在困苦中磨砺而成，尤其是年轻时得到东林党人左光斗的言传身教，铸造了他的品格。

天启元年（1621）起，左光斗督畿辅学政三年，经他荐举选拔的名臣不可胜数，因此有“一代宗师”之称，史可法就是其中的佼佼者。天启元年冬天，左光斗出行，来到一座古庙歇息，发现偏房内有一介书生伏在案上睡着了。看到书生案上刚刚写完的文稿，左光斗不禁为其才识学养打动，于是，解下貂皮袍子轻轻盖在书生身上，又向僧人问到书生名叫史可法。不久科试开考，当念到史可法名字的时候，左光斗惊喜地睁开了眼睛看着这个年轻人。等史可法交卷的时候，当面给了他第一名，并把他带回家中，让他拜见自己的妻子，并对妻子说：“我几个儿子平庸无为，将来能继承我的志向的，只有这个年轻人。”这一年，史可法二十岁。

左光斗对史可法如父子一般。史可法之所以住在寺庙中，是因为家中贫穷。左光斗便将他接到官邸中，每个月还给他一些钱米供养母亲。休息的时候，就像东汉陈蕃礼遇徐孺子一样，悬榻而待，和史可法一起纵谈时事，辩论古今。某天，史可法偷偷取出左光斗的冠带袍笏试穿，正好被左光斗看到了。年轻人的小小心思被撞破，史可法很是颓丧，左光斗却笑了，对他说：“你是三公四辅的才能，粗劣的服饰不足以辱没你。”

天启五年（1625），左光斗受到魏忠贤等阉党的诬陷，被捕下狱。当时亲知故旧都摇手不敢去探视。阉党中人防备很严，即使家仆也不许入内。而史可法日日在牢外守候。当听说老师遭受炮烙之刑后，他再也忍不住了，用五十两银子贿赂狱卒，泣涕谋划。狱卒被他深深打动，想出办法让史可法穿上破衣草鞋，背着筐拿着长镵扮作扫除的人。狱卒带他混了进去，偷偷指出左光斗在的地方。左光斗此时席地而坐靠着墙，他遭受酷刑后，面目焦烂不可辨认，左膝以下筋骨尽脱。史可法忍耐不住，上前抱着恩师的膝盖大哭。左光斗听出了他的声音，但已经睁不开眼睛，于是举起手臂用手指拨开眼皮，目光如炬，怒斥道：“庸奴！这是什么地方！你来做什么！国家之事糜烂到这步田地，我已经如此了，你又置大义于不顾轻身犯险，还有谁能支撑天下事？奸人马上就要构陷你了！还不快走，我马上就打死你！”说罢摸起地上的刑具，作势要投出去。史可法明白恩师的心意，不敢再哭，小步走了出去。后来他经常流泪说起这件事，告诉别人：“我老师的肺肝，都是铁石铸造的。”

崇祯十七年（1644）三月李自成攻陷北京，崇祯皇帝自缢于煤山。四月初一，身为南京兵部尚书的史可法誓师北上勤王，渡江至浦口，听说北京陷落，缟衣发丧。南京群臣商议推立新君，桂王等血缘近但地方远，潞王血缘远但素有贤名，很多人属意潞王。可凤阳总督马士英等看中了福王的庸碌无能易操控，偷偷派人去迎接。南京群臣纷纷反对，认为福王有不孝、贪、淫、酗酒、虐下、不读书、干预官司七种劣迹。史可法便以群臣所谓的“七不可”答复了马士英。而马士英已联络诸家发兵拥戴福王。即位之前，史可法又劝说福王，倘若太子仍然在世并南来，好虚位待之。

这样一来，史可法已不为朝中主事者欢迎，不得不以督师的名义出镇淮扬。他在离开南京之前，仍上书请福王不要荒怠：“若晏处东南，不思远略，贤奸无辨，威断不灵，老成投簪，豪杰裹足，祖宗怨恫，天命潜移，东南一隅，未可保也！”

天下危急至此，江北四镇却只知道拥兵自重，为了争夺扬州，高杰先至攻城，刘泽清大掠淮上，刘良佐又攻临淮。这个时候清兵已大举入关，李自成弃京师而逃，清军乘胜南下。史可法安排调剂暂时缓和了四镇的矛盾。为了经略中原，他还派遣官员屯田开封，并亲自承担最为要害之地的防务。

崇祯十七年十一月，清军攻邳州，李自成逃往陕西。史可法上疏请颁讨贼诏书，奏疏中字字锥心："先皇帝死于贼，恭皇帝亦死于贼，此前古未有之痛也。在北诸臣，死节者无多；在南诸臣，讨贼者复少。此前古未有之耻也。庶民之家，父兄被杀，尚思穴胸断脰，得而甘心，况在朝廷，顾可漠置。臣愿陛下速发讨贼之诏，责臣与诸镇悉简精锐，直指秦关，悬上爵以待有功，假便宜而责成效。丝纶之布，痛彻淋漓，庶海内忠臣义士闻而感愤也！"但南明小朝廷志在偏安，毫不理会。

顺治二年的除夕夜，史可法整理军务文书，困倦之至向厨房要酒，厨子说肉都分给将士了，只剩下盐豉。史可法一向善饮，到军中戒了酒。这天晚上他连尽几十杯，想起崇祯皇帝便泫然泪下，靠着书案睡下了。《小腆纪年》记述，为了让他睡一个好觉，知府任民育让更夫重打了四更鼓。史可法醒后既惊且怒，虽然最终赦免了更夫，但从此不再凭几而眠了。

清军对史可法的处境一目了然，此前摄政王多尔衮遣使致书史可法，劝告他“取舍从违，应早审定，兵行在即，可西可东，南国安危，在此一举”。史可法回复了《答多尔衮书》，信中感谢多尔衮厚葬“先帝”崇祯，继而劝多尔衮与自己联兵讨伐李自成，对于招降一事则说：“法处今日，鞠躬致命，克尽臣节，所以报也。”四月中旬，清兵包围了扬州城，主帅多铎先后五次致书招降。史可法收到信看都不看，当场焚掉。

大军压城，史可法对诸将说：“吾誓与城为殉，然仓皇中不可落于敌人手中以死，谁为我临期成此大节者？”希望部将成全他以身殉国的意志。因为无子，便以副将史德威为嗣子，托他安排自己的后事。

扬州城守到四月二十五日，城西北角崩塌。史可法见势不可为，引刀自刎，部将们抱住他阻拦，史可法大呼德威，德威流泪不能执刃。残兵且战且退，退到扬州旧城小东门，大兵蜂拥而至。史可法瞠目高呼：“我史阁部也！”遂被执至南门多铎处。多铎见到史可法待以宾礼，尊称先生，婉言劝降，想要他帮助“收拾江南”。史可法道：“我为天朝重臣，岂肯苟且偷生，做万世罪人哉！我头可断，身不可辱，愿速死，从先帝于地下。”同时殉难的还有翰林院庶吉士吴尔壎，知府任民育，江都知县周志畏、罗伏龙等，不可胜计。

史德威回忆，当日史可法慨然就义于扬州南城楼上，被众兵分尸。临终前他对多铎说：“城亡与亡，我意已决。即劈尸万段，甘之如饴。但扬州百万生灵，既属于尔，当示以宽大，万不可杀。”殉国是他作为读书人的选择，而百姓应有活下去的机会。然而扬州城仍惨遭屠戮，积尸如山，史可法的遗体不知所终，史德威按照他的遗言，将其衣冠葬于梅花岭前。

史公祠廊柱上有浙东朱武章楹联：“时局类残棋，杨柳城边悬落日；衣冠复古处，梅花岭畔伴孤忠。”“时局类残棋”，无可挽回而义无反顾，最令人感慨。史可法其实看得很清楚。顺治二年正月，原本高杰已经被史可法感化，率师北上谋划恢复，却被许定国诱杀。史可法听说之后流涕顿足叹曰：“中原不可为矣。”到扬州城被围的时候，他已下定了必死的决心。四月十九日，他写了五封遗书，其一曰：“败军之将，不可言勇；负国之臣，不可言忠。身死封疆，实有余恨。得以骸骨归钟山之侧，求太祖高皇帝鉴此心，于愿足矣。乙酉四月十九日，大明罪臣史可法书。”先言国事，然后禀明母亲、夫人、叔父兄弟等，然后又感慨不能报国。二十一日的绝笔中，他说：“北兵于十八日围扬城，至今尚未攻打。然人心已去，收拾不来。法早晚必死，不知夫人肯随我去否，如此世界，生亦无益，不如早早决断也。”

他清楚胜无可能，唯有一死报国。而且时局到了这步田地，诸镇不发援兵，小朝廷坐视不救。史可法不能阻止马士英拥立福王，不能在朝争中取胜，只能凭一腔忠勇守孤城，他输得太君子。因为福王已经登基，他在《答多尔衮书》还要说：“今上天纵英明，刻刻以复仇为念。庙堂之上，和衷体国；介胄之士，饮泣枕戈；忠义民兵，愿为国死。”还要在多尔衮面前为那么不成器的君主掩饰。第五封遗书说：“可法受先帝厚恩，不能复大仇；受今上厚恩，不能保疆土；受慈母厚恩，不能被孝养。遭时不遇，有志未伸，一死以报国家，固其分也，独恨不早从先帝于地下耳。”“受先帝厚恩”，是真心话；“受今上厚恩”，是他作为一个读书人不得不尔的隐忍。天下早就无可挽回了，史可法独木难支，对他来说，早一点殉国，殉崇祯皇帝，恐怕要比勉强支撑南明局面要好过得多。比起亡国的悲慨，看着自己人倾轧争权置家国于不顾，更为愤懑无力。他只能在奏疏中劝告福王，生死之际却仍要将君臣名分守得清清楚楚，对一个“七不可”的昏君，因名分已定，还不肯有微词。史可法能说出的最重的话，不过是“独恨不早从先帝于地下耳”。

这样近乎迂执的君子是罕见的。从来不乏识时务的聪明人，但在剧变之际，又绝不可少史可法这样的人，在完全清楚现实利害的情况下，为实现某种道德理想而牺牲。忠君也好，臣节也好，并不必然是最高的道德——在生民更大的利益的角度来看确实不是。甚至哪怕这种道德义务的对象有种种劣迹，但是看得清，做得彻，以一己之身履践道德，本身就是一种极高的审美行为。

因为找不到史可法的尸骨，有人传言扬州城破之日，史可法青衣黑帽，骑白马从天宁门出投江而死，因此只留下衣冠，《桃花扇·沉江》即采取了这种说法：“有了，有了！那便是俺葬身之地，胜黄土，一丈江鱼腹宽展。”而传来传去，竟传成了史可法未死，不少义士托名起兵。举人孙兆奎等起兵于太湖边长白荡，兵败后被俘押到南京。洪承畴与之有旧，问他："先生在兵中，知不知道原来扬州的史阁部，是真死了呢，还是没死？"孙公答道："经略从北来，知不知道原来松山殉难的督师洪承畴公，是真死了呢，还是没死？"洪承畴降清之时，京中以为他殉国，崇祯亲自致祭，御制《悼洪经略文》。这句反问骂得太狠了，惹得洪承畴大怒，急呼麾下将孙兆奎拉出杀死。

乾隆年间，江南人心渐定，如何看待鼎革之际士人的生死取舍，既是历史问题，也成了当时至此后的道德导向。乾隆四十年（1775）追谥史可法为"忠正"。四十二年（1777），与蒋士铨并称"江右两名士"的彭元瑞将其所得史可法画像及其家书装卷进呈。乾隆亲书"褒慰忠魂"四字，题诗一首："纪文曾识一篇笃，予谥仍留两字芳。凡此无非励臣节，鉴兹可不慎君纲。像斯睹矣牍斯抚，月与霁而风与光。并命复书画卷内，千秋忠迹表维扬。"命诸臣题写像赞等。乾隆下令将《赐谥谕旨》《钦定胜朝殉节诸臣录》等文汇为一卷，发给两淮盐政置于扬州梅花岭史公祠中，并镌于祠壁，"以垂久远"。《赐谥谕旨》中写道："至如史可法支撑残局力矢孤忠终蹈一死以殉。"顾贞观在《像赞》

中写道：“宋有臣死于元，元有臣死于明。或修史而为之传，或建祠而锡之名。盖所不计者一时之抗拒，所极重者百世之忠贞。”写得很高明，用宋元明相代避开了华夷之辩，而以千秋之公义，将忠贞目为万世不易的道德标准。

史公祠内有史可法手书对联“自学古贤修静节，唯应野鹤识高情”。古人的圣贤之道未必适宜今日，但人心总会有一个评价标准，有所重，有所向，所以，洪承畴在《明史》里入了《贰臣传》，而急难死节的史可法则成为扬州历史的一个象征。

傍花人记踏红桥

——用诗情消弭易代之悲、穷达之别

钱穆曾在论及所谓“气运”的时候说，中国人因为有一种气运的观念深入人心，“所以懂得不居恒常，与时消息”。所谓气运，并不是命定论，而是说宇宙及人生有一套循环往复的变化。因为有这样的认识，所以“中国人的气运观，是极抽象的，虽说有忧患，却不是悲观。懂得了天运，正好尽人力。……所以说天下兴亡，匹夫有责。天下之大，而至于其兴其亡，系于苍桑之际，正如独木何以支大厦，一苇何以障狂澜，而究竟匹夫有责，所以风雨如晦，鸡鸣不已，鲁阳挥戈，落日为之徘徊。那是中国人的气运观。”钱穆认为，与西方相比，中国人往往倾向于相信一种螺旋式的回归，因此在去取之间更懂得何时坚守，何时变通。

“鲁阳挥戈”是《淮南子》中的典故，相传武王伐纣，追随武王的鲁阳公鏖战正烈，当时天色已到傍晚，他举起长戈对着太阳挥舞大吼，太阳竟倒退三座星宿的位置，日光重现。于大势已去时仍试图力挽狂澜，这当然是中国读书人的一种品格；但假若事已无可挽回，比如历史上的易代之际，人们普遍观念中的“正统”已在悄然更替，那又如何接续旧正统，安抚旧正统的拥戴者们。对于那些前朝的遗民，对于浮动的人心，最有效的并不是高压政策，而是文化上的浸染。扬州在明清易代之际曾经苦难深重，而到了康熙初年，王士禛在扬州红桥的雅集，则是一种以文化消融对立的成功尝试。

“虹桥览胜”为扬州北郊二十四景第一景观，而虹桥则为扬州著名的古桥之一。桥初建于明代，原是木桥，南北横跨瘦西湖南端，因围以红栏，所以被王士禛称为“红桥”。如果生在清代，出镇淮门，沿着小秦淮曲折向北，看到水岸起伏，一路之上翠竹碧树郁郁葱葱，沿波多有园亭溪塘。幽窈明瑟，颇尽四时之美。乘小船沿河向西北，林木的尽头会看到一座宛如垂虹下饮于涧的拱桥，那就是红桥了。站在红桥上，瘦西湖风光几乎尽收眼底。乾隆元年（1736）郎中黄履昂将木板桥改建为单拱石桥。乾隆十六年（1751）巡盐御史吉庆重建，于桥上建过桥亭，因为石拱桥没了红色木栏，但保留着彩虹的形状，所以将“红桥”又改回了最初的“虹桥”。都铭《扬州园林变迁研究：人群与风景》一书指出，在清人的观念中，红桥是仅次于平山堂的城市地标。而这一观念的形成，要从康熙年间王士禛修禊红桥，与众名士赋诗于此说起。

所谓修禊，是上巳日的一种风俗。上巳原指阴历三月上旬的第一个巳日，魏晋以后，被固定在每年三月三日，人们会在这一天聚于水边，借以除灾祛邪，称为祓禊。祓是祓除疾病、不祥，禊是修洁。修禊的历史悠久，源起于周代，是一种上古巫觋的遗风，通过沐浴、洗濯以祛除凶疾的仪式。而除了沐浴、洗濯等活动外，文人雅士往往于此时纵酒赋诗，称为修禊，除春禊外，还有秋禊。最为著名的修禊，除了东晋永和九年（353），王羲之与谢安等人会稽山阴的兰亭修禊外，就要数红桥修禊了。

康熙三年（1664）三月九日，王士禛在红桥与林古度、张刚孙、许承宣、许承家、孙默、孙枝蔚、吴嘉纪、汪辑等名士修禊红桥，即席做了《冶春绝句》十二首。当时的词坛大家、名重一时的阳羡派词宗陈维崧后至，也参与了和诗。一时广为流传，留下“冶春诗社”的名号。

王士禛是清初诗坛盟主，标举“神韵”之说，早年秉持“典远谐则”的趣尚，推崇含蓄蕴藉。顺治十七年（1660），二十七岁的王士禛到扬州任州府推官，昼了公事，夜接词人，与诸名士游无虚日，结交了不少遗民诗人，时时过访他们并多有赠诗。因他的诗风词风上的某些特质很得遗民的好感，因此其名愈重。他的《冶春绝句》中有一首：

红桥飞跨水当中，一字栏杆九曲红。
日午画船桥下过，衣香人影太匆匆。

唱和者无数，以致有一时“江楼齐唱冶春词”的说法。后来王士禛为《红桥唱和集》作序诗，也不无得意之情说：“红桥即席赓唱，兴到成篇，各采其一，以志一时盛事，当使红桥与兰亭并传耳。”他作为一个大文人，想要让红桥修禊能与兰亭雅集一样留后世名，坦然流露这种野心反而真诚。而他也做到了，此后“于是过广陵者多问红桥矣”。

而红桥修禊与扬州、与王士禛的关联，最初要追溯到康熙元年（1662）六月十五日的红桥唱和。那一日，王士禛与袁于令、丘象随、杜浚、蒋平阶、朱克生、张养重、刘梁嵩、陈允衡、陈维崧等江南名士泛舟红桥。王士禛写了《浣溪沙》三阕，众人和之。这些作品编成了《红桥唱和词》，播颂一时。《浣溪沙》其一最为知名：

> 北郭青溪一带流，红桥风物眼中秋，绿杨城郭是扬州。
> 西望雷塘何处是，香魂零落使人愁，淡烟芳草旧迷楼。

这一天正值盛夏，为什么王士禛眼中，红桥风物竟有衰败的秋色呢？下阕有更浓重的愁绪，词里表达了古今一概的兴亡：西望雷塘，不知隋炀帝葬身何处，而那些曾在故隋宫中的妖娆粉黛也已经零落，芳草间迷离烟霭，是昔日迷楼所在处。词中愁丝不绝，王士禛不止感慨隋炀帝破国亡家，而是另有寄托。其中隐隐暗含的，是对于故国明朝的感怀。相较于文章而言，诗词文体更为蕴藉。尤其是词，在清人的笔下承袭了南宋遗民的咏物寄托传统，往往有含蓄不尽、意内言外的寄喻，能在言说不相干的物事时表达看似迷离惝恍，而知音人一望便知的情绪。

广东诗论家朱庸斋对这首词的评价是："上半阕一气呵成，以自然动荡之笔写扬州景物，颇具特色。四、五句不作对偶，则效唐五代格调。以炀帝喻福王，借伤隋事痛惜弘光失守扬州，感慨而含蓄，怨而不怒。"模仿唐五代的格调仅是风格文辞而非辞意，这一首小词的丰富内旨，引发了遗民诗人的共鸣，所以才和者甚众。词里写的究竟是什么？那种聚散不恒、繁华一瞬，在大明湖畔写《秋柳》诗时已如此。而红桥怀古的词作，是在镜照历史后，于现实不可直言地呜咽，以古喻今，将古调弹到会心一瞥。这里面的宾主会心，就是用极深的情韵，流丽的辞藻，勾勒兴亡，将易代身世之感注入红桥碧波之中，寄托的是对前朝明室的哀叹。

王士禛以这样的身份写这样的诗词，自然能博得遗民的好感。在这一次红桥唱和的名士中，就有参加过抗清的蒋平阶。蒋平阶是华亭（今属上海市）人，前明的秀才，他有个了不起的老师叫陈子龙，在蒋平阶年轻时因欣赏他的文才邀请加入诗社。陈子龙举兵抗清，兵败赴水殉国，蒋平阶也曾投身南明隆武朝，隆武覆亡后他隐居绍兴，以堪舆为生，深自韬晦，一般人只知道他是风水先生。他的词风是典型的云间词派的缠绵清丽，与《花间词》一脉相承。他在做《浣溪沙·红桥即事》中这样写道：

柳外高楼一带遮，门前偷下六萌车。玉环双臂绾红纱。

十二阑干闲倚遍，黄莺啼上内人斜。隔江愁听后庭花。

直接感叹“隔江愁听后庭花”，将“隔江犹唱后庭花”只改了两字，作者的身份则发生了变化，一为历史兴亡的总结者预言者，一为现实丧乱的经历者。六萌车出自古乐府《青骢白马八曲》，陈子龙《秋月篇》有句“公子争骑五花马，美人偏坐六萌车”，风流逍遥一变为满目凄凉，清辞丽句之下隐含无尽悲哀。那一天雅集的遗民诗人中，袁于令有“当年王业此中消”，朱克生有“繁华自古不禁愁”，而入清后郁郁不得志的陈维崧则有“可怜头白不胜愁”之句——红桥所在，似乎已是愁城，满布兴亡之慨。

王士禛的诗词中那种江山代谢的感慨，使江南士人感到心灵与情感的熨帖：国家大势已无可挽回，他们只能逐渐凋零，成为守卫旧正统的寂寞之士。而后辈和后世人不可能完全不食周粟，能允许他们保有一点对故国的怀悼，便可赢得这些人的认同。——这当然是一种理想状态，但王士禛做到了。学者严迪昌有句话很诛心：“渔洋山人的诗学学术交游或唱和酬应活动，实在是多与权术心机相辅而行的。”王士禛有心让红桥成为扬州的标志性景观，与平山堂文章太守千古风流之地相媲美；同样想以文学感发之力赢得江南名士的心，既为了坐稳文坛盟主的位子，也为了弥合天下士人与新朝之间的历史裂痕。文化的潜移默化地认同有如春风化雨，是比刀矢更有力的武器。

然而在当时的环境下作诗像走钢丝，时时有坠亡的危险。也是在康熙三年，八十多岁的遗民诗人林古度把他六十年数千首诗带到扬州，请王士禛删定，诗稿包括入清后“皆吊南明福王朝覆亡”《新燕篇》《新柳篇》等。王士禛却将他明天启四年之后的作品删除几近。邓之诚评论说：“王士禛尽去天启甲子以后之作，谓刊落楚风，归于正始，于是古度故君敌国之思，凭吊兴亡之作，胥不传矣。士禛之选盖惧以文字之祸，托言标格，以欺当世之人耳。”说他是畏祸才这样删诗。王士禛在《香祖笔记》中说“羚羊无些子气味，虎豹再寻他不着”，应有所指——然而这道钢丝，终是要走，文化上的承袭接续是融合的根基。

康熙二十三年（1684）十月，纳兰性德护驾巡幸江南，到了扬州。因思慕红桥唱和盛事，这位清代最知名的词人特意和韵王士禛写了一首《浣溪沙·红桥怀古》：

无恙年年汴水流，一声水调短亭秋。旧时明月照扬州。
曾是长堤牵锦缆，绿杨清瘦至今愁。玉钩斜路近迷楼。

纳兰性德是满人，自然没有什么故国之思，他这首词的创作间接表明，异族入主中原的清廷逐渐稳固，红桥唱和、红桥修禊字面下隐含的辞意逐渐为人淡忘，仿佛只是一代宗主留下的文坛盛举。而一个满人能娴熟地使用汉语铺陈辞藻咏古思今，这正是汉文化的魔力。

更大的致敬行为来自孔尚任。他又一次发起了红桥修禊。

孔尚任是山东曲阜人，《桃花扇》一部传奇轰动天下。时人将他与《长生殿》作者洪升并论，称“南洪北孔”。康熙二十五年（1686），孔尚任奉旨随工部侍郎孙在丰前往淮扬疏浚黄河海口，自此与扬州结下了缘分。

康熙二十七年（1688）三月三日，孔尚任在扬州红桥举行修禊，在《三月三日泛舟红桥修禊》中写道：

杨柳江城日未曛，兰亭禊事共诸君。
酒家只傍桥红处，诗舫偏迎袖翠群。
久客消磨春冉冉，佳辰引逗泪纷纷。
扑衣十里浓花气，不借笙歌也易曛。

这次参加雅集的名士多达数十人，来自八省，所以孔尚任称这次聚会为“八省之会”。孔尚任有句说“阮亭合向扬州住，杜牧风流属后生”，把王士禛与杜牧相提并论，很有点追慕、致敬的意思。后来他在《红桥修禊序》中记下了这段雅事：“康熙戊辰春，扬州多雪雨，游人罕出。至三月三日，开始明媚，士女祓禊者，咸泛舟红桥，桥下之水若不胜载焉。予时赴诸君之招，往来逐队。看两陌之芳草桃柳，新鲜弄色，禽鱼蜂蝶，亦有畅遂自得之意。乃知天气之晴雨，百物之舒郁系焉。”天色之明媚，景物之芳妍，写得鲜明可爱。

不过，王士禛有王士禛的野心，孔尚任也有自己的小心思。除了红桥之外，他还有属于自己的一处景观——傍花村。傍花村在红桥的东北，紧邻着原先种花的“花村”，到孔尚任去游玩的时候，花村已经不在了，那片野地就叫作

"傍花村"。附近原有唐代诗人张乔《寄维扬故人》咏过的十五桥：

离别河边绾柳条，千山万水玉人遥。

月明记得相寻处，城锁东风十五桥。

十五桥具体在哪里早已无考。而傍花村竹林里有一间简陋的酒肆，因主人喜欢梅花，红梅、白梅、绿萼梅参差种了不少。到了梅花开时，花与竹篱茅屋相映，更显出梅花精神。康熙二十七年（1688）的二月多有雨雪，直到二月十二日花朝那天，梅花方盛开。孔尚任不去箫鼓游舫聚集的红桥凑热闹，而是选择了傍花村。当日座中宾主二十人，同往傍花村寻梅，黄昏于小小酒肆开筵，亦有笙歌唱和，归来写成了《傍花村寻梅记》一文。

孔尚任寻梅诗中有"莫怨春寒花事减，阴晴总是为梅花"句，但他此行并不是什么"冷落薄游"，而是为了给二十天后的"红桥修禊"预热。都铭指出，其更深层的目的，是像王士禛"红桥修禊"一样，打造与自己有关的盛会，使"傍花村"成为扬州的新经典，让后人一到此便将

“傍花村”与自己的名字联系在一起。《傍花村寻梅记》充满了对王士禛“制造”红桥的歆羡：“阮亭先生宴集后，而桥始传。”而他也毫不讳言希望自己与傍花村的关系能像王士禛与红桥一样，为人铭记：“安知今日之红桥，不胜于十五桥，后日之傍花村，不胜于花村也哉。”那日同游的友人宗元鼎说：“定九云，傍花村一野店也，先生寻梅买醉，遂成名胜。”更可从侧面窥见孔尚任寻梅买醉的真实目的。尽管傍花村的名头没有红桥大，但也成了维扬城西北一景。

在王、孔二人之后，两淮盐运使卢见曾主持的红桥修禊人数最多、规模最大。卢见曾与之前二位主持者一样也是山东人，以此向乡贤致敬，于乾隆二十三年（1758）主持了第三次红桥修禊。卢见曾乾隆二年（1737）任两淮盐运使，次年因案罢职流放，乾隆十八年（1753）又做了两淮盐运使，身世起伏，而为人颇豁达，所交多通才硕学，又折节相交贫而通诗者。比如《儒林外史》的作者吴敬梓就得到过他的帮助，后来吴卒于扬州，也是由卢见曾料理后事归葬南京，又出千金供养他的妻子儿女。

卢见曾发明了一种雅集上的新玩法。他与静慧寺僧文山定下扬州二十四景之名，将图刻在象牙骨牌上，席上之人依次摸牌，以所拈之景作诗或吟诵古人相近诗句，不能及时对出者罚酒一杯。这同样是一种“制造经典”，且每一次“经典”的成功打造都不仅在于形式，同时借重制造者当时在文坛的影响力。

卢见曾红桥修禊诗中有一句“十里画图新阆苑，二分明月旧扬州”，诗不甚佳，但流传很广，依韵相和者达七千人，后来编成三百余卷诗集，绘成《虹桥览胜图》纪之。郑板桥在和诗中写道：

年来修禊让今年，太液昆池在眼前。
迴起楼台回水曲，直铺金翠到山巅。
花因露重留蝴蝶，笛怕春归恋画船。
多谢西南新月挂，一钩清影暗中圆。

对卢氏盛会很是推许。

到了卢见曾的时代，明代的遗民尽已凋零，因此诗中无需再现王士禛时期的那种欲吐不吐的愁绪。但红桥修禊又一次用诗消弭了贫士与达官之间的身份鸿沟。《随园诗话》中记了这么一个故事，卢见曾曾请二十多位名士暮春到虹桥看芍药，席上独布衣金农的两首诗先成：

看花都是白头人，爱惜风光爱惜身。
到此百杯须满饮，果然四月有余春。
枝头红影初离雨，扇底狂香欲拂尘。
知道使君诗第一，明珠清玉比精神。

卢大喜，一座为之搁笔。“布衣”二字在这里与卢见曾的身份形成了一种鲜明的对比，而举座搁笔又带来了一重张力。金农是布衣，也是天才卓越的名士。“使君诗第一”是一种谦辞，“诗先成”则是谦辞压不住的自得。在这样一场盛会中，席上一例以文人雅士视之。无论身历大盛衰或是小升沉，诗词提供了庇佑心灵的场所，世俗身份在此被搁置，成败穷通不能尽掩，这是文学的力量。

禅寺萧疏好刻诗

——全唐诗在这里完成

在扬州的时候，我常买旧书的两处，一是沿河的花鸟市场，一是天宁寺对面的扬州古籍书店。天宁寺可以追溯到东晋时期，传说是娶了龙女的柳毅舍宅为寺，而更普遍的说法是此地原为东晋名臣谢安的别墅。东晋义熙年间，迦毗罗卫国高僧佛驮跋陀螺在此译《华严经》，右卫将军褚叔度特往建业，请求谢安之子司空谢琰把别墅建为寺庙，称为“谢司空寺”。佛驮跋陀螺于此地造了履净华严堂译经，所以又称“兴严寺”。寺西杏园内枝上村文思房有银杏二株，大数围，高百三十余丈，据说即谢安别墅的旧址。

天宁寺在武则天证圣元年（695）改寺名为证圣寺（一说天宁寺即证圣元年建），唐僖宗广明二年（881）改名正胜寺，北宋大中祥符五年（1012）又改名兴教院。宋徽宗政和年间，赐名为“天宁禅寺”，南宋绍兴十三年（1143）改名报恩光孝寺。元末寺遭毁坏，明代洪武十五年（1382）重建，仍称“天宁禅寺”。

清代扬州规模最盛的“八大名刹”，有天宁寺、重宁寺、高旻寺、福缘寺、大明寺、建隆寺、慧因寺、静慧寺，以天宁寺为冠。民国时期《扬州览胜录》里记载其“规模宏大，殿宇整齐，建筑仿宫殿样式”，而清人眼中的它则更为宏丽壮观：天宁寺南是城河，城河两岸垒石为壁，上横巨木，架起红栏作为吊桥，而桥外有华表屹然矗立。桥北侧是天宁寺大山门，进了山门之后，第一层是天王殿，殿内寺钟昼夜不停，有紧十八、慢十八的不同撞法。第二层是大雄宝殿，置白石香炉莲炬，高与殿齐。殿内有两个御碑亭，东西相向，形制宏丽，殿中供大佛三尊，殿后为千手观音。第三层是华严阁，中间供奉阿弥陀佛，李斗的记述深有禅意，“佛火炎上如凡火状”，供佛的油灯香烛之火，火焰炽烈，就像凡夫的情感欲望一样。第四层后楼三层，下为方丈，中为僧房，最上层为万佛楼，供奉佛像一万一千一百尊，佛像大小形态不一，小的只有粟米或半颗豆粒那么大，而眉目口耳螺髻毫相无一不备。楼旁列两小殿，供白衣大士、文昌帝君像。

康熙、乾隆两朝南巡，都曾经在此小住。因此，天宁寺下院西园建有行宫和御花园，寺外建有御码头。乾隆皇帝曾颁赐天宁寺为“江淮诸寺之冠”，而乃祖康熙皇帝则有一首《天宁寺》七绝曰：

小艇沿流画桨轻，鹿园钟磬有馀清。
门前一带邗沟水，脉脉常含万古情。

对天宁寺的景致很有好感。二帝都曾赐天宁寺匾额、楹联。

天宁寺当然是扬州名寺，但更值得一提的，是它与文学艺术、与书籍的关联。康熙时《全唐诗》的编纂刊刻以及嗣后《佩文韵府》的刊刻，就是在设立于天宁寺中的扬州诗局（后称扬州书局）里完成的。自康熙四十四年（1705）在前人基础上正式编纂《全唐诗》始，曹寅于天宁寺开设了扬州诗局，直到完成了整部《全唐诗》的刊刻。而到了乾隆时期，又在天宁寺内设立“文汇阁”，以藏《古今图书集成》和《四库全书》。另外，著名的遗民画家石涛，以及“扬州八怪”中的郑板桥、金农、李鱓等人，都曾在天宁寺居住过。

开局纂修《全唐诗》是在康熙四十四年，似乎与《四库全书总目》所称的“御定《全唐诗》九百卷。康熙四十二年圣祖仁皇帝御定”时间上有出入，事实上，在康熙四十二年（1703），康熙已有刻《全唐诗》的打算。康熙四十四年五月，在曹寅的主持下，这项浩大工程的编纂工作正式开始。

扬州自古富庶，唐代已有雕版印刷业，至清代更为繁盛，雕工精湛，印刷精良，是当时最重要的雕版印刷地之一。这是《全唐诗》选择在扬州纂修的重要原因。另一个原因，就是当时的两淮巡盐使曹寅本人。曹寅最为人熟知的身份是曹雪芹的祖父，他是康熙的近臣，其嫡母孙氏又是康熙的乳母。康熙三十八年（1699）第三次南巡回銮的时候，皇帝住在曹寅家里，孙氏去朝谒他，康熙皇帝非常高兴，慰问道：“此吾家老人也。”赏赐丰厚，又亲笔写了“萱瑞堂”的匾额赐给她。萱草的花蕾就是黄花菜，是多年生草本植物，本写作谖草，《诗经·卫风·伯兮》里说“焉得谖草，言树之背”，谖是忘记的意思，所以又称“忘忧草”，而萱堂一般借指母亲或母亲居住之处，可知曹家与康熙、曹寅与康熙，关系非同寻常。

所以曹寅在当了十二年的江宁织造之后，于康熙四十三年（1704）做了两淮巡盐御史，同年十月十三日到扬州视事。曹寅与江南文士颇多交接，而这一次编纂《全唐诗》的十位编校人员，大多出身江南望族，本身也是诗文名士。比如家世最为显赫的徐树本，出身昆山大族，他的父亲徐元文，伯父徐乾学、徐秉义，都与清室关系密切。而署名居首的编者彭定求，是长洲（今属苏州）人，清康熙十五年（1676）状元，任翰林侍讲，也是出身江南世禄之家。按照周勋初先生的说法，这些编者的共同特点是文才卓著，而非纯然以学问见长，此中颇有深意。

清廷一统宇内之后，天下渐定，要转向偃武修文。而因为是以异族入主中原，更需要通过文治的方式，取得以江南文士为代表的汉族知识分子的认同，以加强清朝的正统性。而唐代具盛世之名，唐诗又蔚为大观，所以编校者在《全唐诗·凡例》中说："且一代文章之盛，有所自开"，不仅是说唐诗之盛而已，更有将编纂《全唐诗》视为盛世盛举的意思。曹寅等人在《进书表》中很识趣地将功劳都归于了康熙皇帝："道迈尧恩，性超舜哲，武功施而载戢干戈，文教敷而爰稽典籍，每当万几之暇豫，旁通六义之指归，发秘府之珍藏，惜斯文之湮弃，特命校雠，即颁剞劂，一时才藻，重荷阐扬，百世精灵，更蒙荣造，褒嘉所及，风、雅同观。”把皇帝和修书一事说得天花乱坠，好像是千古一帝康熙自己领衔编纂了《全唐诗》。

美国汉学家史景迁对修《全唐诗》的评价是这样的：“……康熙为清朝著名的大型文集的编纂工作开了先河；这是他获得自信感和稳定感的标志：通过军事镇压吴三桂和噶尔丹，他得到了‘武’的称号，现在他也要确保‘文’的名声——文治的皇帝，尽管他没有汉族血统，也要证明自己对汉族诗歌传统的欣赏。”在扬州编纂刻印《全唐诗》，吸引江南士人的关注，以承袭文化的方式消解前朝遗民对本朝的对抗心理，是与开博学宏词科、招揽遗民一样的战略布局。而之所以选择曹寅作为主事之人，则是因为其与诸多遗民诗人有很密切的交往，并且对其中很多人有过资助。以诗歌为交游之具，确实是非常好的软化遗民诗人反清立场态度的方法。按照学者王利器的观点，曹寅的使命之一就是网罗江南名士，“使之校书，为之刻书，把这一批人团结在‘斯文一脉’的旗帜之下，从而消除民族间的隔阂”，巩固大一统的局面。而刻《全唐诗》这件事也能提高曹寅自身的影响力，进一步吸引江南士人的目光。

从康熙四十四年三月十九日下旨、五月之后编校者陆续抵达书局，至康熙四十五年十月初一日编定成书，只花了一年零五个月的时间。此书以清初季振宜的《全唐诗》为底本，参考了明代胡震亨《唐音统签》，在两书基础上增删修订而成。《全唐诗》刊刻完成，是在康熙四十六年（1707），字体秀丽俊逸，十分精美，因此后人称其为“康版”。因为康熙下旨纂修刊刻，又亲自为《全唐诗》作序，所以该书又称为《钦定全唐诗》。

直到康熙四十四年七月，编校者中的汪士鋐甚至还没来到诗局报到。而状元公彭定求在康熙四十四年奉特旨命为《全唐诗》校刊官之后，直到康熙四十六年编校完毕，首尾三年时间回家三次。另一位编校者查嗣瑮，其《锡山道中》诗说：“一枕扬州梦乍醒，三年此地九曾经。”自注“奉命校书维扬，自乙酉至丁亥竣事归，凡九往返。”比当代很多学生白领跑得还勤。其他几位编校者因江南地近，也常回乡。如此繁重的任务，每篇诗歌，都要经过校勘；每位诗人，都要作一小传，还要啸竹吟花诗酒风流，不可不谓神速。

翰林们无论校辑再怎么辛苦，日常还是要唱和的。曹寅康熙四十四年的《题汪东山修撰秋帆图》诗中写道：“雨榻虫灯对简书，广陵新涨足鲈鱼”，王士禛也有同题。汪东山就是汪绎，也是一位状元公，他一边辛苦校辑《全唐诗》，凹姿势征题诗，一边还对曹寅屡屡表达倾慕之情，可惜次年五月，回籍调养的汪绎就因咳血之疾身故了。

在《全唐诗》的编纂过程中，除了钦定的编校者之外，还有一位文坛领袖值得注意，那就是朱彝尊。朱彝尊是浙江秀水（今属嘉兴）人，生在明清易代之际，与世起落。他的曾祖朱国祚是明代万历年间状元，一代宰辅。有这样的家世和跟随魏耕抗清的经历，清廷更希望这类人能为己所用。所以康熙十七年（1678）虽然三藩尚未完全平定，皇帝仍然准备开博学鸿儒科，想要以此收揽山林文学之士，所征者皆一时名流，而次年开科中式的人中，就有朱彝尊。这位比曹寅大了二十九岁的大名士，与曹寅的交往也是从那时开始的。

朱彝尊（1629—1709）字锡鬯，号竹垞，晚号小长芦钓鱼师，又号金风亭长，与王士禛齐名，时人称为“南朱北王”。他的诗词务求典实雅丽，对清初浙诗产生了重大影响，是浙西词派的开山鼻祖。康熙十八年（1679）中试之后，他做了翰林院检讨，后入明史馆纂修《明史》。《四库全书简明目录》引了严绳孙《朱竹垞先生事略》的说法，认为："彝尊以布衣登馆阁，与一时名士掉鞅文坛。时王士禛工诗而疏于文，汪琬工文而疏于诗，阎若璩、毛奇龄工于考证而诗文皆次乘，独彝尊事事皆工。虽未必凌跨诸人，而兼有诸人之胜。核其著作，实不愧一代之词宗。"一代词宗，这正是清人对朱彝尊的印象。其高张浙西词派大旗，也影响了曹寅的词风。

朱彝尊癖好于藏书编书，甚至曾经因为偷抄内府书而落职。在《全唐诗》编纂开始的时候，他已经致仕，却仍四处奔走编刻书籍。李文藻的《琉璃厂书肆记》里说："楝亭（即曹寅）掌织造盐政十余年，竭力以事铅椠。又交于朱竹垞，曝书亭之书，楝亭皆有副本。"说明在两人的交游中，曹寅得到了朱氏曝书亭的秘藏。在刻《全唐诗》的过程中，朱彝尊也给了曹寅编纂的建议，并提供了一些藏书的资料，因种种原因未能全部采纳，所以朱氏《全唐诗未备书目》列出了171种的集子供后人参考。

在给表弟查嗣瑮的信中，朱彝尊写道："比得书，知校勘《全唐诗》业已开局。近闻足下先取杜少陵作，审其字义异同，去笺释之纷纶，而归于一是，甚善。"对《全唐诗》

的编纂工作表达了认可。朱彝尊给曹寅《楝亭诗钞》作序道："楝亭先生吟稿，无一字无熔铸，无一语不矜奇，盖欲抉破藩篱，直窥古人窔奥。当其称意，不顾时人之大怪也。先生于学博综，练习掌故，胸中具有武库，浏览全唐诗派，多师以为师。"说曹寅读书广博，"浏览全唐诗派"，这才能窥到古人深邃高明的境界，因此诗写得兼善诸家所长，像杜甫一样无一字无来历，无一句不出奇。给出这样的赞美，乃是源于多年知交的认可。

在索引派眼中，朱彝尊与《红楼梦》有丝丝缕缕的联系。蔡元培在《石头记索隐》中煞有介事地分析："林黛玉，影朱竹垞也。绛珠，影其氏也。居潇湘馆，影其竹垞之号也。竹垞生于秀水，故绛珠草长于灵河岸上。"说林黛玉的原型就是朱彝尊。绛珠是影射"朱"姓，而绛珠仙草之所以生在"灵河"岸上，是为了与朱彝尊的祖籍浙江"秀水"相呼应。很难想象画像中细目短须的朱彝尊与林黛玉重叠起来是什么样。索隐派红学当然有穿凿附会之嫌，但朱彝尊的地位和影响力世所共睹，而结交这样的江南名士正是曹寅作为康熙近臣刻书唱和背后隐藏的政治任务，是君臣会意、不可明说的阶段性的任务，曹寅却颇投注了深情，不但日常寄如雪花饼这样的美食，还在朱身后为其刻书，到自己下世才停止。

康熙五十一年（1712），54岁的曹寅患疟疾病逝于扬州天宁寺。他病重的时候，康熙御赐金鸡纳霜，细细叮嘱药物用法，要快马“限九日到扬州”，关切至极，却终是未能赶上。而雍正即位后，先是曹寅的妻兄李煦落马，到了雍正五年曹家抄家，“天子近臣”的恩宠及身而没。曹寅曾有诗云：“赚得红蕤刚半热，不知残梦散扬州。”自谓是平生称意之句。有些地方记作“半熟”，不确。红蕤是红蕤枕，传说是唐人韦弁在蜀地得到的仙枕，另有碧瑶杯、紫玉函两件仙物。纳兰性德《虞美人》也用过这个典故：“不如前事不思量。且枕红蕤欹侧看斜阳。”红蕤枕方半热，是好眠不久，却残梦已散，隐有水月镜花之意。而敦城赠曹雪芹的诗“扬州旧梦久已觉”，则为直言。纂修《全唐诗》是康熙朝盛事、曹寅平生功业，为后人研读唐诗提供了极大便利，而极盛后名士凋零，《全唐诗》雕版也于道光二十五年（1845）毁于洪水。人与物都不长久，选择诗国寄身，大概正是因为容易冰消吧。

世人目我以为怪

——“扬州八怪”的进与退

在清代康熙末年到嘉庆年间近百年的时间里，有这样一群文人活跃在扬州。他们主要以书画出名，但其中不少人兼工诗文，有的还善于治印。因为他们的为人与艺术，与传统的文人有显著的区别，在当时士林中十分独特，其书画风格虽然不统一，但有着相近的艺术旨趣，因此被称为“扬州八怪”。

“扬州八怪”又称“扬州画派”，这是清代中期活跃在扬州的画派的总称。“扬州八怪”的名称并非当时就有，但其说由来已久，最早提到的是汪鋆《扬州画苑录》，说“怪以八名”。不过“八怪”到底是哪八个人，各种说法互有出入。除了最有名的郑燮（板桥）和金农，“八怪”中其他几位，很多读者可能听都没听过，甚至连名字都认不出来。比如李玉棻《瓯钵罗室书画过目考》列出的八个人：金农、黄慎、郑燮、李鱓、李方膺、汪士慎、罗聘、高翔。其他各种书籍列出的八怪，除上述八人，还有高凤翰、华岩、闵贞、杨法、陈撰、李葂、边寿民等，说法很不统一。这是为什么呢？有人说是因为扬州方言中“八怪”是形容人长得很丑，或者用“八”来表示约数。比如形容时间太长为“八更八点”，形容人的头脑有问题为“八折”，等等，其实重点在于，八字并不是确定的数字。较为通行的说法是“扬州八怪”有十五个人。在扬州的八怪纪念馆里，就立着十五个人的雕像。感谢女团的兴盛，以前解释扬州八怪为什么是十五个人的时候总要费一番口舌，现在简单了，SNH48见过没？前后脚一两百号人，也是48。

今人谈到扬州八怪，大多采取李玉棻的说法。八人中，除罗聘、李方膺、李鱓、郑燮、高翔五人为扬州人氏外，其他人都来自异乡，之所以汇集在扬州，是与字画市场的兴盛分不开的。民谚有云：“家中无字画，不是旧人家。”扬州盐商的物质生活已经是天下艳羡的奢侈，那么精神文化方面的需求也就随之增加，于是古董字画就成了最好的装饰物。在盐商的影响下，人们对字画大力搜求，普通人家略有资产的，也习惯于在厅堂之内悬挂字画。因为不同档次的精神文化需求，所以扬州吸引来了一大批画家。《扬州画舫录》里记载了一百多位小有名气的画家，这是一个相当庞大的规模。扬州八怪也在其中，只是最初没有被冠以“八怪”之名。

也在扬州居住的前辈画家石涛，有“笔墨当随时代”“无法而法”的说法，扬州八怪多少承袭了石涛的观点，自立门户，画风与题材都有他们独特的意趣，与当时主流文士推崇的“四王”（王时敏、王鉴、王翚、王原祁）崇尚精工复古的画风大异其趣。就像郑板桥《题兰竹图》的文字所说的：“掀天揭地之文，震电惊雷之字，呵神骂鬼之谈，无古无今之画，固不在寻常蹊径中也。未画以前，不立一格，既画以后，不留一格。”不拘束于规矩，而能游于规矩内外。

最了解你的人往往是你的敌人。汪鋆《扬州画苑录》里对扬州八怪的评价不高，但却指出了“八怪”在艺术上的共同特色：“同时并举，另出偏师，怪以八名，画非一体……率汰三笔五笔，覆酱嫌粗；胡诌五言七言，打油自喜。非无异趣，适赴异途，示崭新于一时，只盛行乎百里。”这番评价里是有一些微词的。“率汰三笔五笔，覆酱嫌粗”是指他们写意的笔法多，也比较草率完成，这与扬州八怪卖画维生有很大的关系。既然卖画，就要讲究效率，要在尽可能短的时间内完成委托的画作，那么形成三笔五笔勾勒而成的特点，也就是顺理成章的事情。何况“八怪”多与盐商有交往，即席作画，精工笔法水磨功夫确实不适合，还是挥毫立就更符合席上的氛围。“胡诌五言七言，打油自喜”，则说明了扬州八怪另一个特点，就是喜欢在画上随手题写自作诗文。这种风气始于苏轼、米芾，到元代就已经非常盛行了。扬州八怪更是将这种风气推到了极致。这也不奇怪，扬州八怪本来就能写诗，他们与官员和盐商的交往中，诗文酬唱是非常重要的社交手段。更何况，诗文也是促进他们的画卖上价的重要一环，无论是盐商或是接待商人的茶肆酒楼，他们买画，自然有符合他们审美趣味的偏好，除画之外还有与画意相关的诗文可以点评观摩，就能很大程度上增加画作的吸引力。所以扬州八怪在艺术上形成了画与诗一体的特色。

比如其中诗歌最知名的郑板桥，大家都知道他的名字叫作郑燮，字克柔，号板桥，以号行于世，是“扬州八怪”中的代表人物，所谓的康熙秀才、雍正举人、乾隆进士。他善画竹，关于竹子的诗作也不少。他一开始在扬州卖画，写过一首七绝：

十载扬州作画师，长将赭墨代胭脂。
写来竹柏无颜色，卖与东风不合时。

这已经能看出他与主流画风有些不同。乾隆元年（1736），44岁的郑板桥中了进士，是“八怪”中唯一的进士出身。从乾隆六年（1741）开始，他做过两任县令。一是在山东范县，据记载爱民如子。后来又在山东潍县做了九年，留下那首著名的诗：

衙斋卧听萧萧竹，疑是民间疾苦声。
些小吾曹州县吏，一枝一叶总关情。

在县衙斋室之中躺着，听竹丛被风吹过的声音，仿佛是听到了民间的疾苦，虽然我只是县令这样的微官，但就像竹子的每一片枝叶一样，老百姓生活的疾苦也是令人关心的。有这样的觉悟，自然不难做一个好官。据说郑板桥在山东潍县九年，因为治理得好，狱中经常没有关押犯人。在他离开潍县的时候，衙门里没有没处理完的公务，狱中没有冤民，称得上爱民如子。但正因为爱民，他在潍县遇灾的时候未经批准，擅自开仓赈灾，于是落职免官，理由是他贪污罚金，实则这些钱是被他拿来赈灾使用了。

郑板桥离开潍县的时候，全部家当用三头毛驴就拉走了。当地人感念这个好官，县城万人空巷，百姓痛哭流涕，遮道挽留，家家画像以祀。他在一幅竹子上这样题诗道：

乌纱掷去不为官，囊橐萧萧两袖寒。
写取一枝清瘦竹，秋风江上作鱼竿。

郑板桥两袖清风、一身正气，就这样告别了为官的日子，重新做起了画师。回到扬州之后，他又画了一幅竹子，题诗曰：

二十年前载酒瓶，春风倚醉竹西亭。
而今再种扬州竹，依旧淮南一片青。

郑板桥的诗包括题画诗，并不是仅仅就画论画或是想象之辞，而是与他的生活经历、个性人格有非常紧密的联系。诗情即人情，他有什么样的经历，有什么样的心怀，就会写出什么样的诗句。而看似浅俗的东西之所以动人，如果不是取媚读者，那就一定有人情共通的地方。郑板桥的诗，是对民瘼民生的关注，是对清高人格的护持。在这一点上，我并不能同意汪鋆说“八怪”的诗“胡诌五言七言，打油自喜”的说法。即使看上去博雅冲淡的诗歌，如果意象情感全是模拟古人，就算辞藻接近，也很难称其为高明的艺术。更何况，其中很多作品既不出彩，也不出新，反而不如郑板桥的诗醒人眼目。

读者们应该都很熟悉这首诗：

咬定青山不放松，立根原在破岩中。
千磨万击还坚劲，任尔东西南北风。

这也是一首题画诗，瘦而强劲的竹子从石缝中顽强生长出来，无论风向如何，都坚韧不倒，这所写所画正是郑板桥自己。齐白石说“学我者生，似我者死”，书画诗文等创作必然有对前人的学习，但风格开创之后，如果落入因袭，把别调弹成俗套，那就不是开创者的意愿了。郑板桥有一首《偶作》，开头几句很能说明他对诗文的看法：

英雄何必读书史，直抒血性为文章。
不仙不佛不圣贤，笔墨之外有主张。

一味沉溺于书史之中，全学古人，是写不好文章的，倒不如直抒胸臆，表达自己的真性情、真思想。哪怕圣贤仙佛也不能完全牢笼住自己，文字之外首先要有主张在。

不过，无论诗文书画如何做到雅俗共赏，个性主张与商业、市场之间仍有一些需要调和的问题。“八怪”中出身较好，也曾做过县令的李鱓，曾经在一件花卉屏条中写过一段很长的题跋。他先是说绘画本来是一件“只可自怡悦，不堪持赠君”的事，以绘画自娱则高明，以绘画为生计则鄙陋。他自己自幼通过不同的老师学习山水、花卉，康熙五十二年（1713）他在口外献诗，康熙很喜欢他的花卉，于是下旨：“李鱓花卉去得，交常熟蒋相公，教习徐熙黄筌工细一派。”李鱓曾经两度做宫廷画师，他画的《四季花卉卷》后来被收入了《石渠宝笈》，也就是乾隆嘉庆年间著录的清廷内府所藏历代书画藏品的文献。但他的个性耿介多言，与宫廷的风气格格不入。而且一生中画风也有转变，早年工细，中年已变为粗笔写意，开拓了写意花鸟的领域。

在这段题跋中，李鱓对前辈写意高手的风格个性做了一番评点，然后提出了一种理想的模式："不徇索画者之意，亦不固执己意，兴之所至，笔即随之。"要能在艺术追求和商业模式中寻得一个平衡。跟那些绘画自娱的画家相比，"画索其值，任人指点。或不出题目，而索人高价，只能多费工夫以逢迎索画者之心。匹之百工，其品愈卑，其画愈陋。以画为业，近世画家，往往若是，非独我为然也"。只要画家是以画为生，需要卖钱，就可能要面临市场客人挑拣的难题，需要一定程度迎合买画人的意愿。李鱓这段话写得很诚恳，在理解"扬州八怪"风格的时候，他们与市场的互动关系也要考虑进去。

市场与生计是"扬州八怪"不得不考虑的问题。比如金农，不但诗书画印四绝，而且精于鉴赏，富于收藏，过眼即能辨别文物的真伪优劣。金农通晓这些可不止是为了自娱或是给朋友们掌眼，他是以此谋生的，就像他写字画画一样。

金农很喜欢砚台，藏砚非常多，自号“百二砚田富翁”，其文集中专门有《冬心斋砚铭》一卷，成了后世砚铭的经典。把砚铭收入文集并不是一件常见的事，金农之所以这么做，除了有对其砚铭写作水平的自负，也有他的商业目的。他雇了一个叫朱龙的宁波仆人，是个琢砚名手。每次找到好的砚石，他就自撰铭文，交与朱龙刻制出来用于销售获利。金农不喝酒，但为了让朱龙治砚的时候有个好兴致，会特意藏些好酒供他饮用。

金农当时的声名很高，他在扬州的时候，所交往的多有盐官、盐商，而且盐商慕名争相邀请。其《冬心集》，就是一夜之间造好瘦西湖白塔的大盐商江春赞助出版的，其中《自序》，居然用宋纸明墨来印刷，极尽奢华精工之能，令人赞叹一声“会玩”。与这些人交往，想要优游其间又能保持一定的尊严，并不是一件易事。清人陆长春《香饮楼宾谈》记载了这样一个故事：

某天，有位盐商在平山堂宴会，请金农坐了首席。宴席中众人商议行酒令，念古人诗句中有“飞红”二字的诗句，轮到这位盐商的时候，想了半天也没想出，众人说要罚酒，盐商赶紧说：“我想到了，‘柳絮飞来片片红’”。

一座哗然，嘲笑他杜撰——柳絮怎么可能是红色的呢？这时候，金农站出来说："这是元代诗人咏平山堂的诗，引得很确切。"众人要求看全诗，金农念了出来："廿四桥边廿四风，凭栏犹忆旧江东。夕阳返照桃花渡，柳絮飞来片片红。"众人都十分佩服金农的博学。实际上，这首诗是金农当场编出来的。以当时的书籍传播效率，类似一首诗的真伪，证有容易证无难。金农抓住了当作不可能有人通读元人诗作这一点，为这位盐商解了围。当然，他的这种"仗义之举"也有很好的回报——盐商因免于丢面子而大喜过望，第二天就拿出千金相赠。

金农、郑板桥这两个最著名的"怪"人，都与大盐商马曰琯、马曰璐等熟识，参与官吏盐商及文人的诗文酒会，看起来似乎处境不坏。但在扬州的很长时间里，他们都居住在寺庙中，因为贫士住寺庙有时不需要花费，只要尽一些抄经的义务之类，就可以换得一处容身之所。郑板桥卖画时长期住在天宁寺，有"落拓扬州一敝裘，绿杨萧寺几淹留""乞食山僧庙，缝衣歌妓家"的句子，可见生活的困顿。金农曾在天宁寺下院枝上村租过房子，与郑板桥做邻居，晚年则住在西方寺，长年吃斋画佛，自号"心出家庵粥饭僧”。

乾隆二十四年（1759），73岁的金农曾画过一幅自己的小像寄给郑板桥，并写了一段跋文，说了一段两人交往的故事：“十年前卧疾江乡，吾友郑进士板桥宰潍县，闻予捐世，服缌麻设位而哭。沈上舍房仲道赴东莱，乃云，冬心先生虽撄二竖，至今无恙也。板桥破涕改容，千里致书慰问。予感其生死不渝，赋诗报谢之。适板桥解组，予复出游，尝相见广陵僧庐。予仿昔人自为写真寄板桥。”郑板桥在潍县做知县的时候，误听传言说金农已经过世，于是按照五服内亲属过世的礼制，穿着细麻布，为金农设牌位祭祀痛哭。沈房仲到东莱去，告诉郑板桥说金农虽然曾经病重，但现在已经痊愈，郑板桥这才破涕为笑，又千里致信慰问。郑板桥误哭金农这样深厚的感情，曾被袁枚搬到自己身上，而由于《随园诗话》传播得广，所以很多人知道的是郑板桥哭活袁枚的故事。袁枚虽然也是以县令罢官，但他在南京做文坛领袖做得风生水起，名利双收，与名臣巨公交游，处境与郑板桥、金农不同。而且尽管“八怪”为人、为文都有市场化的倾向，但身世性情，总还是有一点不侔于世的落落寡合与怪诞。

金农尝蓄二仆，除了琢砚的朱龙，另一个新安张喜子善于矾生绢作乌丝栏，因为他要在灯上做书画维生。全祖望《冬心居士写灯记》说金农时常有顾客登门，其中不少是来买他所写画的灯，“而况降趋时好，至于写灯，则真穷矣”。金农曾托袁枚在南京帮忙介绍卖灯，袁枚回信说：“先生笔墨，遗世独立，付烛奴以光明之，真奇宝也。奈金陵人但知食鸭臛耳，白日昭昭，尚不知画为何物，况长夜之悠悠乎。”托言没有市场卖不动，言辞客气，然而总似不甚关心。

乾隆十七年（1752），“八怪”之一的汪士慎目盲后，曾这样评价金农的诗：“先生诗奇异独诣，不求同能，弃众人之所收，收众人之所弃，似谣似歌，得古乐府遗意。骤读之，句棘挢舌；再读之，合规中矩。吾虽目盲，心颇能赏之。恐世间眼大如车轮者，未必知先生之妙也。”金农一笑而别。汪士慎的评价是在推许中含着规劝：你的诗是很好，人取我弃，人弃我取，有古乐府的遗风。乍一读不顺畅，再一读合乎规矩。这其实是很高的评价，也确实符合金农为诗为文的特色，然而盲人能欣赏的，世间明眼人却不一定，也许匆匆扫一眼就会放弃。这正是“八怪”的矛盾所在，进而与盐商等交游来获利和提高自身的声名，退而固执于其个性中与世独立的地方。他们进退之间固然有迎合市场的成分，但归根结底其风格上仍存在艺术理念的差异，是性格的差异。这种差异给他们带来了一时之名与争议，却并不能使金农等人真正免于生活的折磨。

一馆玲珑且读书

——大盐商兄弟的藏书遗事

假如问起为什么读书，想来很多人的回答，升学也好，学而优则仕也好，都是把读书作为一种手段。而有些人读书本身就是一种目的。在清代的扬州，盐商的生活侈靡奢华，为天下艳羡。但盐商中偏偏有一对不同流俗的兄弟马曰琯、马曰璐，在奢靡世风中藏书、读书、校书、刻书，广交天下文士，为扬州文风增色。

袁枚《扬州游马氏玲珑山馆感吊秋玉主人》诗云：

山馆玲珑水石清，邗江此处最知名。
横陈图史常千架，供养文人过一生。
客散兰亭碑尚在，草荒金谷鸟空鸣。
我来难忍风前泪，曾识当年顾阿瑛。

秋玉是马曰琯的字，这首诗说马曰琯身后旧迹萧条，无复当年文期酒会的盛况，袁枚用元代昆山豪族顾阿瑛来比喻马曰琯，非常贴切。顾阿瑛幼喜读书，善记诵，后从商弃学，三十岁又开始读书。他一生轻财结客，筑园纳士，深得文士之心。他喜欢古书、名画、彝鼎、秘玩，眼光颇佳，以会海内文士为乐，当时的吴门名士几乎都与他有往来，包括吴叡、杨维桢、柯九思、郑元佑、张雨、袁华、王冕、倪瓒、郭翼，等等。顾阿瑛还在昆山西郊筑玉山草堂多次举办玉山雅集，吸引了江南一带名流雅士到此。不止于此，他还是昆山腔的创始人之一，又是前吴门印派的重要人物。而马曰琯主持扬州诗坛数十年，与大江南北名士结邗江吟社，有《韩（邗）江雅集》十二卷，为乾隆八年（1743）到乾隆十三年（1748）结社的遗留，沈德潜说马曰琯“独以古书、朋友、山水为癖”，是盐商中的佼佼者。

阮元曾感慨说：“扬州业盐者多，今求一如马君者，不可得矣！”经学家、史学家、文学家、藏书家杭世骏也是韩江雅集的一员，他说马曰琯一生“以奇文秘册为师资，以法书古鼎为食饮，以长松怪石为游处，摆脱爱染，陶冶性灵，非多生有净业者，不能到也”。他和弟弟马曰璐勤敏好学，皆有诗名，时称“扬州二马”。他们祖籍本是安徽祁门，因祖父马承运做盐商才搬到了扬州。乾隆元年（1736）通政使赵之垣曾推荐马曰璐应博学鸿词科，推辞不赴。马氏兄弟笃于手足情义，终身没有分家别居。

据说，马家为宋元之交史学家马端临后裔，兄弟二人虽继承祖业以盐业为生计，却以读书为追求。为藏书读书之便，兄弟二人于雍正年间在居所的南面营建书屋，其中有小玲珑山馆、看山楼、丛书楼、透风透月两明轩、红药阶、浇药井、梅寮、石屋、藤花庵、清响阁、七峰草堂、觅句廊等景致。此处本来打算就叫“街南书屋”，但在即将落成之时，得到了一块太湖巨石，马曰璐《小玲珑山馆图记》说此石“其秀美与真州之美人石相埒，其奇奥偕海宁之皱云石争雄，虽非娲皇炼补之遗，当亦宣和花纲之品”，是极为难得的佳石，于是不惜资财工力，将湖石运到了书屋所在，因此将书屋命名为“小玲珑山馆”。小玲珑山馆遗址在现在东关街309号，除了一部分用作扬州市的“城市书房”公共阅读空间外，其余空间改做了长乐客栈。旧日园林犹在，如果到扬州旅行的话，可做住宿的备选。虽然民国《扬州览胜录》说小玲珑山馆嘉庆年间被两淮盐总黄应泰买去改为个园，但刘凤诰《个园记》并未提及，只说是在明代寿芝园的基础上改建。且个园在街北，小玲珑山馆在街南，并非同一处。个园内与小玲珑山馆重名的建筑应系巧合。《清稗类钞》把小玲珑山馆所在的东关街误作天宁寺街，有时力求广博的资料，细小处不免出差错，正是读书人时时怵惕的。

小玲珑山馆精美自不待言，而更出名的是丛书楼里的十万余卷藏书。全祖望《丛书楼记》认为，清初以来，藏书之家当推昆山徐乾学、新城王士禛、秀水朱彝尊，而今马氏兄弟所藏差不多要超过这些前辈。徐乾学等藏书之时，距离战乱之时不远，很多书散佚在各处未必能见到。而到了马氏兄弟藏书的雍乾年间，文风大开，常常有善本出现。只是遇到书的人不一定喜好，而喜好书的人不一定有能力藏书。马氏兄弟既爱书又有余力，所以才能成一时藏书名家。全祖望甚至认为他们的书目能与官藏的石渠宝笈、天禄琳琅相提并论。沈德潜则在《沙河逸老小稿序》里说马曰琯“酷爱典籍，七略百家、二藏九部，无不罗致。有未见书，弗惜重金直购之，备藏于小玲珑山馆。”阮元也说他们“有未见书，必重价购之”。马家于藏书一道，是耗了心血的。

全祖望往来扬州很多次，只要留宿在马家，就一定会借书。而马曰琯每次与他见面，寒暄两句之后，一定会问他最近得了什么未见之书，听说过而没有得到的有多少。全祖望一边说，马曰琯一边记书目，要么借来抄，要么想办法购置，一年到头都是如此，毫不疲倦。如果得了什么珍本，那也一定会拿给全祖望看。更为风雅的是，在酒席之上用元代朱碧山所制银槎杯这种贵重的酒器斟满酒，侑以佳果，全祖望评定一句，马曰琯就饮一杯。

全祖望做翰林院庶吉士时，在馆中得见万册《永乐大典》，大为惊喜，给马氏兄弟写信说了此事，马曰璐立刻回信，问需要多少抄写之人，花费多少才能抄来。可惜全祖望刚为他们抄了宋人《周礼》诸种，散馆后只得了一个知县，随即辞官不做。他从北京回宁波的路上经过马家，马氏兄弟又嘱托他去抄天一阁所藏书籍——二人爱书成癖到这个地步。

马氏兄弟热心藏书，于文献考订、校勘也下过许多工夫。有余力的话，买书并非很难，但看书则不一定。那么多买书的读书人，不少也是“买过即看过”，比如今人，塑封不拆置于架上防灰而已。马氏兄弟则不然。马曰琯在丛书楼上两头各放了一张桌子，无论昼夜晴雨，和弟弟校书不倦。

全祖望用了一个典故，“真如邢子才思误书为适者。”——后魏邢邵，字子才，他有很多书，但不重视校雠，看见人家校书还笑别人傻，且说：“日思误书，更是一适。”有错误的书供人思考，是一件很惬意的事。他又说：“若思不能得，便不劳读书。”如果思考了还没有进益，那就不用读书了。珠帘十里的扬州城，像马氏这样的盐商，居然把夜生活用于读书，只见楼上两盏灯炯炯相照，不时传来兄弟俩吟诵的声音。从楼下走过的人常常偷笑。马氏兄弟校刻的书十分精核罕少讹误。大概丛书楼架上不少藏书已被二人收入腹中了。

阮元说马氏兄弟藏书之富，甲于大江南北，而大江南北的学人因此得益不少。马氏丛书楼藏用并重，且对学者名士开放，供人观览借阅。厉鹗曾长期借助马氏兄弟所藏秘籍，撰成《宋诗记事》一百卷，近一百八十万言。马氏兄弟参与了其中二十卷的搜辑考证工作，撰写按语，协助辑成此书。除了《宋诗纪事》，厉鹗撰著《辽史拾遗》《宋院画录》，全祖望修纂《宋元学案》、笺释《困学纪闻》、校勘《水经注》，都充分利用了马氏藏书。经学名家惠栋常至小玲珑山馆看书借书，并因此把所居之处题为

“借书楼”，且赠诗曰：

玲珑山馆辟偃俦，丘索搜罗苦未休。

数卷论衡藏秘籍，多君慷慨借荆州。

因其刻书聘用名手，装帧精善，学界称之为“马版”。兄弟二人于“世人愿见之书，不惜千金付梓”，为朱彝尊刊刻《经义考》，耗资千金为蒋衡装潢《十三经》，且刊刻了诸如《说文解字》《玉篇》《广韵》《字鉴》等读书人用得上的书。

马氏兄弟二人皆工于诗。他们诗汇辑成的《韩江雅集》或同题或分咏，既有从金陵移古梅到山馆的雅致，也有雪帽、棉鞋、火箱、毡帘等的俗趣。乾隆八年冬日雅集，马曰琯曾分到过煨芋的题目：“清味供书斋。岷山产最佳。阴何灰里拨，风雪夜深埋。杜老贫能办，狙公性特乖。懒残空有愿，应不到吾侪。”首联出自《史记》：“吾闻汶山之下沃野，下有蹲鸱，至死不饥”，张守节正义：“蹲鸱，芋也。”汶山即岷山。颈联用的是黄庭坚“寒炉余几火，灰里拨阴何”句意，黄诗原为嘉许友人效老杜“颇学阴何苦用心”苦读沉吟，用来写读书人烤芋头亲切有趣，出于泛泛咏物之上。颈联上句用杜甫“我恋岷下芋”“园收芋栗未全贫”句，下句狙公养猴子用的应是“芧”，橡子，宋本《庄子》无讹而明清文集时有误用，一可见即使是藏书家也有善本难得的困扰，一是经史以外书籍的经典化需要过程。尾联用唐代懒残和尚把吃剩的芋头分给李泌，让他“领取十年宰相”的典故，自谓不敢于功名有望，末句扣回了儒商的身份。

马曰琯《嶰谷词》的第一首《百字令·自述》：

半生情味，叹飞光激箭，流年随手。
踏遍槐花成底事，蜡烛三条辜负。
洗墨池荒，画眉人老，萧索闲门旧。
添丁诗句，玉川何日才就。

赢得玉柱金庭，银涛雪屋，湖海笼襟袖。
回首东华尘土梦，布袜青鞋还又。
桑柘骑牛，沧浪吹笛，沮溺真吾耦。
从今以往，乐天惟是歌酒。

这在集中不为佳作，但很能看出马曰琯以文士自居的心态。

诗词也是二人与文士交往的重要途径。他们常与四方名流酬唱，流连诗酒。“扬州八怪”中的郑燮、金农、高翔、罗聘等经常在马家吟诗作画。能以同情之心济助失意之人，而非招揽为门客。马曰璐有一首《定风波·听薏田谈往事》，词曰：

往事惊心叫断鸿，烛残香灺小窗风。
噩梦醒来曾几日，愁述。山阳笛韵并成空。

遗卷赖收零落后，牢愁不畔盛名中。
听到夜分惟掩泣，萧寂。一天清露下梧桐。

姚世钰，字玉裁，号薏田，归安（今浙江吴兴）人。少富才学，工诗善文，全祖望称其为“有用之才”，通经史，精考据，却一贫如洗。因受到曾静案牵连，他的姐夫王豫被逮捕入京，姚世钰本就体弱多病，药裹不离手，经此事精神受到严重打击，惶惶不安。而到了马家，他被安置在丛书楼下居住，马氏照料他的饮食起居和病体呵护备至，竟有“做客浑如在家好”的感受。不仅如此，马氏兄弟肯在情感上理解他的惶恐无助，这首词写的正是闻听姚世钰讲述所经噩梦，令人感动。豪富之人一掷千金不奇怪，而肯广延名士的已经不多，至于感同身受唏嘘感慨温言劝慰的，世所罕有。后来姚世钰去世，也是马氏兄弟料理他的身后事，抚恤他的家人，为他出版遗作。马曰璐又有一首《定风波·见薏田手迹有感》，中有“即看浩劫历恒河”“才人无命可如何”之句，暗示姚世钰的身世坎坷乃是政治上受牵连而起的无妄之灾。

朋友做到这个份上，还不止对一人如此，当真是“四方人士闻名造庐，适馆授餐，经年无倦色”。因此时人比之“汉上题襟、玉山雅集”。“玉山雅集”前面已经引过袁枚的诗，是元代顾阿瑛的玉山草堂盛会，“汉上题襟”则是唐代段成式退居襄阳时，与李商隐、温庭筠彼此书信往来、诗文唱和之事。小玲珑山馆对于东南文人而言，直如避风港一样的所在。

乾隆二十年（1755）马曰琯去世，年67岁，当时认识他不认识他的人都为之落泪。杭世骏在为曰琯所撰的墓志铭中写道："以济人利物为本怀，以设诚挚行为实务。"举了很多例子，如何在江都、镇江赈灾，如何在扬州修路挖渠，如何做免费的摆渡和救生船，如何冬夏施舍衣物，医治体弱者为死者料理后事，其中很重要的一条就是，建书院以育才。扬州城广储门外梅花岭侧旧有甘泉书院，明代儒学家湛若水草创之。雍正十二年（1734），马氏兄弟与扬州府同知在梅花岭建梅花书院。桐城派古文宗师姚鼐等曾执掌院事兼课诸生，汪中、王念孙、洪亮吉、段玉裁均出于此，梅花书院因而名满天下。

乾隆十六年（1751），乾隆南巡，马曰琯参与迎驾，受到了皇帝的嘉勉。到了乾隆三十八年（1773），清廷开四库全书馆，下旨采访海内秘本，马曰琯的嗣子马裕共进呈藏书776种，因此第二年，乾隆御赐一部五千二百卷的《古今图书集成》给马家。马裕谨敬珍藏，装成五百二十匣，藏贮十柜，供奉正厅。继而乾隆又赐给马家平定伊犁御制诗三十二咏、平定金川御制诗十六咏，以及得胜图三十二幅。乾隆非常喜欢马家进献的一部《鹖冠子》，并为此题了一首律诗：

铁器原归厚德将，杂刑匪独老和黄。
朱评陆注同因显，柳谤韩誉两不妨。
完帙幸存书著楚，失篇却胜代称唐。
帝常师处王友处，戒合书绅识弗忘。

盛赞这部书的难得。鹖冠子为楚人，因居于深山，以鹖的翎羽饰冠，所以叫“鹖冠子”。朱评陆注是指朱养和所刊的此书集评和宋代陆佃所作的注；柳谤韩誉是指柳宗元认为此书鄙陋，而韩愈却推崇此书。诗是写得一如既往地疙疙瘩瘩，但毕竟是“御诗”，马裕将乾隆的这些题诗都装成册页，供奉于家中。

明代碧云馆木活字《鹖冠子》共三卷，当时两江、两淮采进书目中都有此书，但《四库全书》所用底本正是马家的藏书。书中夹有晚清恽毓鼎的签条：“臣等仅查宋陆佃注《鹖冠子》三卷。此书论三才变通，古今治乱之道。唐韩愈称之。而所见只十六篇，未为全书。此本凡十九篇，首尾完备，佃注世亦罕见，系明弘治中活字版本，坊间并无流传。计三册。”袁克文跋此书云：“此本为聚珍丛书所祖，且明活字本传世绝希，至足宝也”。仅此一种已足云奢，何况还有七百余种。这么看起来，似乎是颇蒙圣恩，马家的处境很安稳。

马裕进献的藏书为当时藏书家之最，但乾隆依然怀疑他们藏私，让盐政李质颖查一查怎么回事。李质颖不知是不是得了马家的好处，婉言辩解马氏已将所藏书目献上，剩下的六百余种藏书都是通行共见之物，没什么进献的价值，又说马裕其人素来小心恭谨，这才平息了一次危机。——且之前所谓的献书，也不是马家自己进献，而是李质颖从马家藏书书目中挑选。御赐种种殊荣背后，是马裕的如履薄冰。这种局面恐怕与马氏兄弟的交游不无关系。乾隆十四年（1749），兄弟二人就曾因事牵连北上接受审问，所幸得以脱身。闭门读书而不为时代洪流席卷，是一种理想。但现实往往是，于马家是政治的牵连，于普通读书人可能便是生活的负累。

马曰琯《丛书楼》诗云：

下规百弓地，上蓄千载文。
他年亲散帙，惆怅岂无人。

真是痴人。读书人不免为书痴。唐玄宗时期的藏书名家杜暹，曾于其藏书上题“清俸买来手自校，子孙读之知圣道，鬻及借人为不孝”，后世藏书人往往沿用其意衍生出各种版本的箴言，告诫子孙善保其书。只是，私人藏书，身殁而散是常态。所以我更喜欢诸如“曾在李鹿山处”这样的藏书印，为未来读书之人预设一视角。马氏兄弟的藏书已散，但小玲珑山馆与诗文未亡，这才是历史记住某些人的方式。

舌尖一线孰知味

——扬州菜为何名满天下

李白在《上安州裴长史书》中说："曩昔东游维扬，不逾一年，散金三十余万，有落魄公子，悉皆济之。"一年花费那么多钱，固然是他自夸的轻财好施，但从另一个角度来说，商贾云集的扬州是个消费型的城市，其他地方想象不到的奢华享受，在这里也许就是部分人的日常。一直到清代还是如此，乾隆第四次南巡时在《天宁寺行馆杂咏》中写道："三月烟花古所云，扬州自古管弦纷。还淳拟欲申明禁，虑碍翻殃谋食群。"扬州自古以来就是繁华之地，乾隆虽然想禁止扬州城的各种奢侈行为，使民风朴素起来，但又不愿殃及以服务业为生的人们，心里十分矛盾。珠翠笙歌、烟花盛景之外，芸芸众生供养着扬州的繁华与奢侈。

说到扬州的奢侈享受，自然包括美食，食不厌精，脍不厌细在扬州饮食上体现得淋漓尽致，且好吃的扬州小馆子比例很高，无论早茶还是正餐，随便走进一家本地菜馆，家常风味往往可圈可点。

比如名菜狮子头，梁实秋写过一篇《狮子头》，就说北方做法不及扬州狮子头远甚。他的扬州同学王化成善于烹饪，曾把狮子头的制作方法传给他，成了雅舍食谱中重要的一道，颇受客人青睐。按照梁实秋的记述，首先取材要精，七分瘦三分肥的细嫩猪肉，不可有一点筋络。切割的时候最要注意，肉丁要切得方正，秘诀是“多切少斩”，挨着刀切成碎丁，越碎越好，然后略为斩剁。芡粉只能抹在手掌上把肉末捏成丸子，使丸子外表糊上芡粉而不易碎散，丸子里面没有芡粉的黏糊影响口感。然后，丸子微微按扁下油锅炸到微黄捞起，放入垫了一层转刀块冬笋或几块墩形横切的黄芽白的碗中，大火蒸一个钟头以上，撇去浮油。这样做出来的狮子头嫩如豆腐，不能用筷子夹，要用羹匙舀。肉里要加葱汁、姜汁、盐，也可以加切碎的海参、虾仁、荸荠、香蕈等。

狮子头这样的菜，扬州小巷里的小门脸一样天天卖，肥瘦分开斩再捏合，十几元一只，也不用先炸后蒸，清汤煮成就好。汤汤水水加上青菜，胃口不大的人一顿且吃不完一个。扬州小馆子里的狮子头，器皿未必多么精致，但几乎个个花了功夫用料足，卖相竟然也还不错，压根儿不需要做什么特别推荐。以扬州菜为代表的淮扬菜特点正在于此，选料广泛，烹饪方法多样，刀工精细，保持食物本味，成品清鲜雅丽。

明中叶之后，因为淮南盐业的兴盛，扬州成了“盐筴要区”，商业大为发展。因为盐商生活奢靡，民间风气受其影响，以此为生的百工愈发精细，饮食必然胜过其他地区。因此，扬州菜与另一漕运重镇淮安的淮安菜共同发展成了淮扬菜系。明万历《扬州府志》“风俗”中记载：“扬州饮食华侈，制度精巧。市肆百品，夸视江表。”市面上能买到的熟食就有白瀹肉、熝炕鸡鸭；面条有温淘、冷淘之分，又用各种肉和河豚、虾、鳝等做浇头；至于点心类更是以扬州出产为胜。其实这些菜看起来没用什么特别的食材，哪怕河豚、虾、鳝，也只是一般的价位，普通人家并非吃不起。扬州菜的华侈和精巧是选料好，而不是食材本身昂贵，且真正讲究的是做法。

比如扬州的三头宴，是以扒烧整猪头、清炖蟹粉狮子头、拆烩鲢鱼头三样为主菜而得名的。这“三头”的原料，猪头、猪肉简单易得，鲢鱼头本身腥味较重，不算好食材，但做出来之后，猪头、鲢鱼头外形完好，酥烂无骨，黏韧柔滑、胶汁鲜浓。清代惺庵居士有咏扬州《望江南》词百首，其中一首就专门咏扒猪头：“扬州好，法海寺间游。湖上虚堂开对岸，水边团塔映中流。留客烂猪头。”

这“三头”的食材都易获取，显得平易近人很家常，但做法却十分考究。比如选料，鲢鱼有白鲢与黑鲢之分，白鲢头小肉薄不宜拆烩；黑鲢就是鳙鱼，又叫花鲢、胖头鱼，头大肉厚，鱼身肉质虽然软塌，鱼头却肉多胶质多，适合拆烩。拆烩鱼头要把鱼骨一块块拆去而保持鱼头的完整，这需要一定的技术含量。特别是鱼眼周围，皮肉切不可拆破，不然鱼头的形状就破碎了。烩鱼头要用鸡汤，加入火腿、笋片、蟹肉、香菇、鸡片等提鲜入味，再勾芡稠卤汁，淋一点醋，撒上白胡椒粉，直到装入盘中仍是一爿完整的鱼头。煸配料的用油必须是猪油，这样汤色才白，味道才厚。据说扬州菜只要是白汤菜，通常都是用猪油。如果换成菜油、豆油，就不免汤色发黄，且有菜豆腥气。

扬州菜湖鲜、江鲜、牲畜、蔬菜、豆制品到山珍海味无不可取，炒、烧、烤、煮、煨、炖、焖无法不施，是重本味但也多有调味变化，求清鲜也不排斥浓郁风味的菜肴做法。

扬州菜天下驰名，其中当然有康熙、乾隆两位皇帝南巡的推动因素。以中国人的习惯，后勤工作首先要搞好的就是饮食供应。天宁寺行宫内建有茶膳房，另置厨房。除了御膳之外，扈从百官的菜点也都由扬州地方厨师制作，除扬州菜点之外，还有安徽菜点、淮安菜点、清真菜点以及满族菜点等，这也使得扬州菜能取诸家所长。

地方官有时也会向皇帝进献佳肴，如乾隆三十年（1765）南巡，两江总督尹继善、巡盐御史高恒、苏州织造普福都曾经多次进献菜肴，其中不少扬州风味，比如二月二十八日天宁寺行宫西边花园的早膳，“用折叠膳桌摆燕窝棋盘鸭子一品、肉片炖面筋一品（系张成做）。后送豆腐干炒肉丝一品、燕窝炒肉一品、挂炉鸭子挂炉羊肉攒盘一品、枣尔糕老米面糕一品、象眼棋饼小馒首一品、卷签一品。尹继善进豆腐白菜一品、酒炖羊肉一品。高恒进炖燕窝一品、莲子鸡一品、银葵花盒小菜一品、银碟小菜四品。随送粳米膳一品、鸡肉攒丝汤一品系张成做。额食四桌，奶子五品、二号黄碗菜四品、饽饽十品，十九品一桌、饽饽五品。内管领炉食六品十一品一桌，盘肉八品一桌，羊肉二方一桌。上进毕，赏皇后攒盘鸭子一品。令贵妃肉片盐煎一品。庆妃春卷一品。容嫔攒盘肉一品。赏两边高恒代领盐商人等，用一等饭菜二十桌，每桌八品青瓷碗蒸食一盘、炉食一盘、攒盘肉一盘，每桌猪肉六斤、羊肉四斤。外膳房肉丝汤、膳房饭、牲口一双”。

这一连串的菜名报下来，其实除了燕窝，主要就是鸡鸭肉、笋子、豆腐、白菜，以及一些主食糕点，并没有什么特别名贵的食材，倒是炖煮焖烧十分考验火候功夫。普通人看此菜单，大概会产生一些愉悦感，原来皇帝吃的与小民一样，也不过是家常食材。燕窝有味道吗？还不是跟粉条一样借肉汤的味道。

扬州的家常菜和家厨出名。《扬州画舫录》里说：“烹饪之技，家庖最胜。如吴一山炒豆腐、田雁门走炸鸡、江郑堂十样猪头、汪南溪拌鲟鳇、施胖子梨丝炒肉、张四回子全羊、汪银山没骨鱼、江文密蛼螯饼、管大骨董汤、鲨鱼糊涂、孔切庵螃蟹面、文思和尚豆腐、小山和尚马鞍桥，风味皆臻绝胜。”可见当时扬州家宴的水平之高。

说说上文提到的江文密蛼螯饼。这个江文密叫江嘉理，是徽州人，《扬州画舫录》里说他工书法，善烹饪，精医术，有儿科疡痘秘方，很有效验，儿子也是名医。看来江文密是一位很会生活的精致儒医。所谓蛼螯饼，嘉庆年间林苏门吟咏扬州风俗的《邗江三百吟》做过解释，用面和上切碎的蛼螯，油煎成饼，味极鲜而美，也算一种菜肴。其诗曰："做饼先挑面色高，冷冰冰手劈蛼螯。花斑玉洁浓浆和，知味还须问老饕。"蛼螯是一种文蛤，壳带紫色，如玉一样有斑点，在扬州一带有"天下第一鲜"之称，以启东吕四一带滩涂出产的为佳，因此又叫吕四文蛤。这么听起来就有点像海鲜饼或是蚵仔煎，只要蛤肉鲜美，味道一定差不了。江文密既然善烹饪，名医又不见得多么阔绰，很大可能就不是家里请了厨师，而是他自己苦心钻研出来的配方。

再说文思和尚豆腐，原是乾隆年间天宁寺僧人文思的首创。嫩豆腐削去老皮劈薄片切成毛发般细丝，沸水焯去豆腥，加以金针菜、木耳等制成，鲜美异常，颇受香客欢迎。后来人们按照袁枚素菜荤烧的办法，用清鸡汤加冬笋丝、香菇丝、火腿丝、鸡脯肉丝、青菜叶丝烧沸，放入豆腐丝，勾薄芡即成。这道汤菜软嫩清醇，一块豆腐能切出五千多根细丝，看的就是刀工。

还有扬州菜里常用到的火腿。《邗江三百吟》中"烧金华火腿"一条，说火腿以金华驰名，煮食就已经很好。但扬州人的烧金华火腿，是取火腿中心切方正的一大块，先用米泔水浸一昼夜拔去咸味，再多加木瓜酒，少加三伏老油，细火慢烧，等到“肉之融化、汤之浓郁、香之畅升而后食”。如果是用新丰火腿冒充的就差多了。有诗曰：“蓝江豚臛亦如霞，知味难逃是易牙。膰炙而今腌脯混，一盘大块向金华。”如霞写的是火腿制成后标志性的鲜艳红色，易牙则是春秋时著名的厨师，诗中还写到了厨师料理得如何专业，制作得如何辛苦，直到呈上一大块令人食指大动的成品，诗的最后还点明了菜名产地。

把文思豆腐跟烧金华火腿放在一起看之后，我很怀疑《射雕英雄传》中黄蓉削出圆豆腐置入火腿中蒸制而成的“二十四桥明月夜”，就是从扬州菜喜欢用火腿又重刀工的习惯生发而来的灵感。

说起来，推动扬州菜发展的更重要的因素，还是盐商的影响。盐商之阔绰天下皆知，乾隆三十七年（1772）户部所存库银为八千万两，而两淮盐商手中积累的资金竟与此相近，称得上富可敌国。扬州盐商与晋商风气不同，饮食起居极为豪奢。有时候变着法儿地炫富，其耿直让人有种误入快手奢侈版的感觉。比如有位盐商，发愁一下子花不完一万两银子，就有门客帮他想了个主意，买一堆金箔，带到镇江金山塔上，对着风撒出去，一瞬间就没了。那些吹到草丛树木江流中的金箔，捡都捡不回来。还有人用三千两银子买空了苏州城里的不倒翁，倒进河中，水路都堵塞了。有的盐商注重颜值，从看门人到灶下婢，全都是十来岁的美人；有的居然只用奇丑的，搞得仆人为了当差，把酱涂到脸上暴晒，毁容求职……种种奇葩争奇斗异，不胜枚举，如此行径都是钱多了烧得慌。

说回到吃上，李斗记载，有一对盐商夫妇，每次吃饭搞得跟博览会一样，厨师准备十几种类别，夫妻俩并坐堂上，侍者抬着酒席放在他们面前，不想吃的就摇摇头，侍者根据主人的脸色判断，换其他的品种。这让人颇疑二人口齿手脚不便。

再说扬州名园个园的主人，嘉庆道光年间多次做盐商"首总"的黄应泰。他性爱竹子，号至筠，"筠"字是指竹子的青皮，也是竹子的代称。据说黄应泰也爱吃竹笋，尤其是黄山的竹笋烧肉。但竹笋这种东西挖出来之后需要赶快吃，不然见风减味。黄家为此设计了一种炊具，形如担子，两端各置锅炉。到黄山掘笋切肉，放在担子里边走边烧，挑夫挑着步履如飞，十里一换人，到扬州的时候熟得刚刚好。

堪比杨玉环吃荔枝的黄氏笋烧肉，还只是耗费人力。另有一种传说，说的是黄应泰吃的蛋炒饭，饭粒颗颗完整，蛋黄则均匀地包裹住饭粒，称为“金裹银”，厨师开价每份五十两纹银。更有甚者，黄应泰早上起来吃完燕窝喝完参汤，还要吃两枚鸡蛋。厨师家里养了一百多只母鸡，母鸡所吃的东西都是掺入了人参、白术之类的补品研磨后的粉末，每枚卖上一两银子，黄应泰仍以为不贵。这么比起来，俄罗斯新富拿大勺扒鱼子酱的那种暴发户的劲儿都透出一种朴实的可爱。这似乎不是在吃鸡蛋，而是小马哥用钞票点烟。

当然，由于盐商有士商合流的倾向，于是饮食追求还有另一种极端。比如既是盐商又是藏书家的马曰璐、马曰琯兄弟，喜欢结交文士，某日带着一帮文士到天宁寺外竹林中，用落下的笋衣烧带壳的竹笋，依的是宋人《山家清供》里的方子，称为“傍林鲜”。这一天，雅集作诗限用“笋”字，杭州文坛的领袖厉鹗也在其列，盛赞这种文人雅趣山林之致，有句曰“前身天目僧，托命唯在笋”。他们吃的其实不是笋，而是笋的清气，雅得很。

但是在吃的方面对于大多数人来说，太俗遭不住，太雅也受不了。人们舌尖喜好的，就像袁枚《随园食单》里记录的扬州菜，精工细作才是重点。比如程立万豆腐用料便宜，却比价昂十倍的鸡雀脑更好吃。再如冬瓜，人人吃得起的，可以拌燕窝、鱼、肉、鳗鳝、火腿；素作也可以，就像扬州定慧庵所制的冬瓜，红如血珀，不用荤汤，一样美味。奢到极处、清到极处都不免失去几分人情味儿，还是百姓日用之道为最妙。所以在我看来，另一位盐商童岳荐的饮食态度最可取，讲究到极致，但仍是人间烟火的饮食。

童岳荐善烹饪，他有《调鼎集》传世，记录了很多扬州菜的做法。单单第一卷调料中的酱油，就有记述苏州酱油、扬州酱油、黄豆酱油、蚕豆酱油、套油、白酱油、麦酱油、花椒酱油、麸皮酱油、米油、小麦酱油、黑豆酱油和千里酱油的区别，黄豆酱油还分了两种造法。精致得令人感动。第二卷说到宴席怎么设，有上百处提到笋，大多是提鲜的配菜，制海参燕窝也用笋，烧野鸡野鸭烧火腿也用笋，笋独立成菜的倒少。蔬食遨游固然清高，有鱼肉搭配也是至味。料理好百姓的饮食，才是人间的味道啊。

断鸿身世见芜城

——艺坛宗师吴让之的落魄人生

如果说“扬州八怪”是文人商业化的典型，那么扬州还有一类文士，虽然也有这样那样的成就，但常常与世扞格，处处抵牾，无论是传统的出仕又或是优游公卿巨贾间，都不能得一安稳栖身之地。现在我们来看一位艺坛宗师的一生——既是篆刻大家也是词人，虽然身后声名飑飑如雷，生前却始终是一位潦倒的文士。

某次，我从扬州本地人常去的双东酒店出来，在小巷里看到了包世臣故居。故居的屋宇不甚起眼，不免有些唏嘘。包世臣（1775—1855）是安徽泾县人，寓居扬州多年，《清史稿》称其资质绝人，其为人既有传统文人精熟经史、工词章的特点，还有关于实务的思考，喜欢谈经济大略谈兵法。其著作《中衢一勺》《艺舟双楫》《管情三义》《齐民四术》合刻为《安吴四种》，于水利、漕运、盐政、书法、诗词、文赋、农、礼、刑、兵无所不包。当然，本次故事的主角不是包世臣，而是他的弟子吴让之。师徒二人在艺术史上都很重要，但作为文人，在世俗际遇上则都不太幸运。扬州有包世臣故居，吴让之为了躲避战乱，寓居的泰州有吴让之纪念馆，扬州却因找不到他的遗迹，有意无意忽略了这位艺坛宗师。

在说吴让之之前，先来看一看一代“名嘴”包世臣：三十四岁才中举，此后考了十三次没能中进士，直到六十一岁时，才因“大挑一等”，得到了一个江西新喻知县的职位。所谓大挑的制度，清代举人会试三次仍未中试者可自主报名。大挑不试文艺，只看相貌。二十人为一挑，挑一等三人，专选相貌魁伟的，用为知县；二等九人，用为教职。而余下被刷的八人，被戏称为“八仙”。包世臣是挑中了，却赶上母亲去世，回家守制三年，除服后为官，清除漕政积弊，却被判为“擅变旧章，迹涉科敛”；又因给上级的呈文中用了“小柴胡汤”四个俗字，而被弹劾罢官。因为包世臣晚年词锋甚健，谈天说地声音洪亮，如同戏台上的花脸，于是有人戏撰一联：“说话浑如大花面，罢官只为小柴胡”，可谓谑而虐，损得很。包世臣交游甚广，“以布衣邀游公卿间”，先后做过两江总督陶澍、裕谦的幕僚，据说当时“东南大吏每遇兵、荒、河、漕、盐诸巨政，无不屈节咨询”。

包世臣好言利，但反对中饱私囊的腐化行为，主张“收奸人之利，三归于国，七归于民”。这当然会引起既得利益者的不满。嘉庆十六年（1811）他为两江总督百龄幕僚，两个月后就离开了，正是因为百龄受到亲信挑拨，后来竟至于“遍致书中外三品以上”官员，以攻击包世臣。包世臣晚年别号“倦翁”，取陶渊明“鸟倦飞而知还”的句意。

道光二十二年（1842）六月底，英舰八十余艘进逼南京。年近七十的包世臣深入清军营地，与河南总兵陈平川等结交，又向登船售卖的小贩了解英军动向，得知七月二十二日英军头目将入城赴宴，于是连夜写了《歼夷议》，提出全歼英军的方案：利用英军防御松弛的机会，以设宴款待其头目为缓兵之计，招募死士二百人，暗藏炸药在柴菜担内，上船炸毁机械。清军临江开炮助势，主力从太平门和神策门出动，分别兜剿蟠龙山、卖糕桥、白土山陆地上的英军，“万逆同歼，片帆不返”。《歼夷议》写成后，包世臣密交陈平川上呈，当道者则以“和议可成，不宜失信夷人”，不予采用。

由上述事例可以看出，包世臣是一个处在近代思潮转捩点上的有实务思想的士人。但他最为人所知的，还是书法论著《艺舟双楫》。此书进一步弘扬了邓石如等人提出的碑学主张，对清代后期乃至民国和当代书风的演变影响很大，被称为“晚清碑学第一人”。包世臣能诗文书画，学习他的书法的人被称为“包派”，其在书法理论上影响极大，在自己的书法创作上又极为自负而近于妄，实在称不上高明。

相比之下，吴让之（1799—1870）的个人艺术成就比其师高得多。书法之外，他的篆刻与赵之谦、吴昌硕、黄穆甫合称印坛“晚清四大家”，是篆刻史上无可争议的宗师级人物。晚清的篆刻艺术生面全开，尤其是“四大家”的出现，使此前数百年印坛名家黯然失色。吴让之便是这样一个宗师，可是生前际遇比其师还要惨。吴让之原名廷飏，字熙载，后更名熙载，字让之，以字行于世，是住在扬州的仪征人，终身只考取了秀才，在科举之路上比他的老师更困顿。《清史稿》说他博学多能，先是跟黄春谷学诗，后来与魏源、梁章钜等名士交游，诗作颇可观。吴让之曾作《梅花诗谜百首》，这一百首咏梅诗皆为谜语，每首隐喻一物。虽然有后人评价说：“妙语双关，言中有物，此才岂可以斗石计耶？”但恐怕他的诗名还是有不少诗以人贵的因素。

吴让之是一个重感情的人。大概是因为终身潦倒，所以把跟师友的感情看得非常重。这从他晚年给自己的《自钤印存》孤本的一段跋文和一首诗可以看出来：“册中诸友当时见赏，索刻名印。咸丰三年，扬城贼退后再检是册，半入劫灰。求如当日指瑕剔疵者，邈不可得。心非木石，曷能无感，白头灯下，掩泪书之。”诗曰：

名作如林忆卷舒，而今空剩几图书。
平生知己皆师友，无服之丧永不除。

这里的图书当指印章实物，篆刻家的作品大多数都是要交给嘱刻者的，经过太平天国之战的扬州，不惟故交零落，自刻印所存亦不多，可为师友的知己已散，再想得到当年被人指出问题批评的机会，也不可得了。“无服之丧永不除”这句写得非常感人。师友之间没有服丧的礼制要求，但在他心中为师友哀悼的情感是永远不会消失的。诗词的好有几种，才情是一种，思力是一种，情感之忱挚也是其中的一种。那种极其强烈真挚的感情，假如能通过诗的语言表现出来，即使平白如话，往往也有着直击心灵的力量，并不输于满纸雕缋或奇思妙想的文字。

从二十岁开始拜师包世臣，吴让之对其师的尊重终始如一。包世臣做新喻县令时，吴让之当时跟随老师去了江西，又因老师罢官而不得不回到扬州。包世臣也很喜欢这个学生，称许他“以淹雅见器巨公，乞纂注校勘经史者无虚日”，博学又勤学，书法也最得自己的精妙之处。这就不免有一点尴尬，因为对包世臣书法的评价是有不同声音的。张之洞在论及晚清书风的时候，就非常不喜欢包世臣一派，直斥其为丑恶。这当然是艺术上的不同见解，但也一定程度上说明包氏的特色，擅长理论构建，实践上却因天分的缘故有所不足。

而吴让之的篆书、隶书水平很高（因为包世臣不会），与其篆刻同取径老师的老师邓石如，把邓石如提出但没有能力做好的“印从书出”理念做到了大成，即在印章中融会书法的笔意，是了不起的开创。但他的行书草书终生守着老师的法度不敢越雷池一步，甚至更为拙劣。所以他晚年回到扬州，寄居僧舍卖字，有一阵子生意较好，来求字的人络绎不绝。但仔细想想，吴让之都已经到了寄居僧舍的地步，求字的人多，恐怕也与他的字润价低廉有一定关系。可是，即便他落魄至此，仍遭到另一位大书法家何绍基的“穷追猛打”，何对当时的两淮盐运使方浚颐说：“吴某人的老师还不懂得笔法，况吴某人乎？”方浚颐当时对何绍基言听计从，抚掌称善。这话传到了各位盐商的耳中，使吴让之的生意顿时变差了。李祥在《药裹慵谈》里记完这个故事，也不免感慨何绍基有点过分——不喜欢包世臣也就罢了，何必对别人的弟子的养老之业如此刻薄地拆台呢。

吴让之55岁那年，也就是咸丰三年（1853），遭遇了一次战火，随之而来的是人生的大变。是年二月二十三日，太平军攻破扬州，吴让之逃到了扬州附近的邵伯埭，寄居在朋友家中。战乱令他失去了家园，也失去了很多朋友。这一年的12月，他曾经回到扬州，写了一首《扬州慢·咸丰三年十二月八日扬州郡城作》。在词学史上，这一时期表现战乱的作品中，这首词颇具代表性，也是他个人的代表作：

道是还家，寻疑重梦，黄埃绕遍归程。

荒园独树，剩几点余青。

自歌吹繁华日久，干戈儿戏，民不知兵。
念苍生，谁问空教，重做芜城。

鲍照去后，有坐飞、沙石还惊。
想鬼伯吹灯，磷青闪壁，都是冤情。
骨肉旧欢安在，无人哭、哭也无声。
叹飘零身世，何堪重卜他生。

这首词步韵了姜夔那首著名的《扬州慢》，姜夔在词序里说："淳熙丙申至日，予过维扬。夜雪初霁，荠麦弥望。入其城，则四顾萧条，寒水自碧，暮色渐起，戍角悲吟。予怀怆然，感慨今昔，因自度此曲。千岩老人以为有'黍离'之悲也。"其词曰："淮左名都，竹西佳处，解鞍少驻初程。过春风十里，尽荠麦青青。自胡马窥江去后，废池乔木，犹厌言兵。渐黄昏，清角吹寒，都在空城。杜郎俊赏，算而今，重到须惊。纵豆蔻词工，青楼梦好，难赋深情。二十四桥仍在，波心荡，冷月无声。念桥边红药，年年知为谁生。"姜夔这首名作，按照号为"千岩老人"的诗人萧德藻的说法，有"黍离之悲"。《诗经》中《黍离》一篇，写东周大夫来到西周镐京，经过黍子高粱青苗丛中的宗庙宫室遗址，而发出了对故国的感慨。全词写的是金兵侵扰之后扬州的衰颓景象，想象当年在扬州留下风流词笔的杜牧，倘若见如今这番情景，恐怕也写不出来什么了。二十四桥还在，却是风景萧条游人不到，只有桥边的芍药无情地开落。

与姜夔的清丽相比，吴让之的词衰飒凄厉，是另一种风格。词化用了南朝鲍照《芜城赋》“孤篷自振，惊沙坐飞”等句。《芜城赋》是写当时的广陵，十年间两遭兵火，繁华胜景变而为荒城，鲍照见此残破不堪的荒芜景象，将眼下之景与往昔巨丽对比，极写战乱的残酷，天道的无情，因此，扬州也被称为“芜城”。然而，“芜城”二字虽美，对于亲身经历战争的人而言，“重做芜城”是无法忍受的。其背后的喻义是椎心泣血的惨烈。

咸丰六年（1856）、咸丰八年（1858）太平军又两次打下了扬州。家园不在了，吴让之只得寓居在泰州，在几个朋友家之间辗转寄住，以刻印写字为酬，如此过了七年。及至咸丰十年（1860），中兴名臣胡林翼邀请吴让之到安庆襄赞军机。这本是一条很好的出路，没想到第二年胡林翼去世，吴让之只好再次回到泰州。在这种兵荒马乱的年代，求字的人少，他没法养活自己，便在东门小校场武庙中拆字卖卜为生。他的生意依然不好。一次如果能得二百枚铜钱，会欣然有喜色。更多时候则是枯坐终日，无人问津。

直到同治二年（1863），65岁的吴让之才回到扬州。他在给朋友的信中写道："弟冬仲回邗，十年乱后，万事全非。蛰处余生，了无情绪。"然而，他回到扬州之后依旧居无定所，他曾撰一联自嘲："有子有孙，鳏寡孤独；无家无室，柴米油盐。"大概他在自身穷老的同时还有与子女不睦的问题，联中满是语带辛酸的调侃。

他所遭遇的不幸还有很多。壮年时肆力文史，奉师命整理《扬州水道记》的诸湖部分，最后书稿却不知所终；50岁与人合著《南史》《北史》，已完成的书稿也因战乱而失踪。他一直有以文士身份经略天下的志向，却至老也只是一个边缘文人，这已经是一种极大的悲哀。而作为普通人遭逢战乱，更是来自大时代的碾压。晚年他曾半自嘲地刻有两方印文，都是杜甫的句子，一曰"但使残年饱吃饭"，二曰"只愿无事常相见"，倍觉凄凉。

还是来说一说吴让之的成就吧。他自述从15岁见到汉印，悉心模仿十年，过了五年又学邓石如的印法，最终超越其所取法的对象，六十年刻印数以万计，却没有条件给自己做过像样的印谱。如前所述的《自钤印存》孤本，其实只是一册非常草率简陋的粘贴稿子。20世纪80年代被人从日本发现并带回国内，被视为印学史上的重要文献。

65岁那年，吴让之与35岁、后来在篆刻史上风头一时无两的赵之谦有过一次未见面的交流，被认为是篆刻艺术史上的一次重大事件，然而这件事对于吴让之来说，却又是一幕未完成的悲剧。在印学爱好者魏锡曾牵线且为二人整理印谱后，请两人互相为对方的印谱作序。赵之谦固然是艺术史上越不过去的大家，然而心胸未免不够开阔。他一开始对吴让之的评价极高，但在看到吴让之对自己印章的评价之后，认为吴让之对自己恭维得不够，大为不满，后来作序时颇有微词，且铺陈了一段自己少年学诗的故事，只为了证实自己的作品乃是才人所作，而吴让之不过是个才情平庸的人。序文写得极其不客观且有恶意，连他的好友魏锡曾都看不过去，这与他过去所说“平心静气，乃得浑厚，近人能此者，扬州吴熙载一人而已”的评价完全不同。本来魏锡曾撮合两位印坛大师是为了人抬人，却造成了赵之谦踩吴让之捧自己的局面。或许是因为魏锡曾的厚道，吴让之并没有看到这篇序文，这大概算是其悲剧人生中的一点喜剧色彩。

吴让之篆刻的刀法尤其个性强烈，和很多人印象中印章是用力“刻”出来的不同，他是在看似不经意的浅浅披削中，蕴含浓重的书法笔墨韵味，即使与之有龃龉者也佩服其用刀的精彩。这一点是赵之谦终身难望其项背的。他中年以后刻印极为纯熟，能不打印稿，在印面上划出浅浅的格线后直接篆刻。而且往往不落款，有人问及，他便说自己的印风格鲜明，拿出去别人都能认得出来，极为自信。事实也是如此，他的不少经典篆刻作品都是后世大家如吴昌硕、赵叔孺、王福庵等人为他补刻跋款验明正身的。但在当时，他这种特异的印风却是理念过于超前了，未免曲高和寡，以致他不落款的印章经常因人不识货而磨掉毁弃。他在后世的印坛界影响巨大，其实主要得益于其身后陆续得到了影响力巨大的几代艺术家的大力称赞，将他举到与其成就相侔的地位上。这位近代篆刻史上开宗立派的大师，生前潦倒，身后终于在艺坛获得了应有的称誉。对于历史，这是一笔补白；对于个人，则是来自时间的补偿。

为爱西湖娇且瘦

——瘦西湖和徐园旧主人

从扬州大学的东门走出来，虹桥南侧有一段柳湖路，春日一路垂柳清涟繁红碧草。柳湖本是清代倚虹园的一景“柳湖春泛”，古称花山涧，俗称牛打汪，两个名字放在一起颇有趣味。倚虹园虽已无存，但柳湖的风景不输北面的瘦西湖。扬州西北郊瘦西湖附近的园林群，在乾隆时期极盛，两岸园林连绵十余里，所谓的“两岸花柳全依水，一路楼台直到山”。

据《扬州画舫录》记载，从乾隆十六年（1751）到乾隆三十年（1765），瘦西湖上已经形成二十景：卷石洞天、西园曲水、虹桥揽胜、冶春诗社、长堤春柳、荷浦熏风、碧玉交流、四桥烟雨、春台明月、白塔晴云、三过留踪、蜀冈晚照、万松叠翠、花屿双泉、双峰云栈、山亭野眺、临水红霞、绿稻香来、竹楼小市、平冈艳雪，后来又增加了绿杨城郭、香海慈云、梅岭春深、水云胜概，合称二十四景。

虹桥览胜的故事已经讲过了，而船行时尤为人关注、很多画家画过的“平冈艳雪”，位于临水红霞后。平冈为古代平冈秋望之遗阜，岸上多梅树，花时如雪，雪晴花发，香艳袭人。可想而知，其他地方景色也不同寻常。

瘦西湖原名炮山湖，一名保障湖，又名长春湖。叫“西湖”的地方很多，以杭州西湖最为知名。相比之下，瘦西湖狭长如带，蜿蜒十里，别有一种清瘦秀丽的窈窕之姿。清代杭州诗人汪沆在吟咏瘦西湖的诗中写道：

垂杨不断接残芜，雁齿虹桥俨画图。

也是销金一锅子，故应唤作瘦西湖。

叫响了瘦西湖之名。所谓“销金一锅子”，南宋词人周密《武林旧事》中谈到西湖游幸的时候说：“西湖天下景，朝昏晴雨，四序总宜。杭人亦无时而不游……日糜金钱，靡有纪极，故杭谚有‘销金锅儿’之号。”“销金锅”就是能让人大量花费金钱的所在，也用以指称杭州西湖。而当时扬州的侈丽天下皆知，瘦西湖附近园林花木碧水画船，风景又与西湖相仿，所以扬州瘦西湖在汪沆看来，也是一个“销金锅儿”。

瘦西湖原本是通往古运河的自然河道，隋唐以来便有园林之胜，乾隆时期大小园林百余处，再加上前面提到的“二十四景”，狭长湖面曲折多变，楼阁亭台往往依山面湖，借景湖山而又为湖山点缀，各自成园又汇为一卷，真如入画图中。清代诗人、书法家刘大观称：“杭州以湖山胜，苏州以市肆胜，扬州以园亭胜，三者鼎峙不可轩轾。”被当时人认为是致论。因扬州当时的繁华奢侈，瘦西湖一带至于“争地构园”。游人有三种路线，或从平山堂眺望，或沿岸漫步，或泛波舟行，高下曲折，移步换景。清代笔记《水窗春呓》中赞叹：“扬州园林之胜，甲于天下。”作者金安清是浙江嘉善人，做到过两淮盐运使、江苏按察使，所阅多矣，而对扬州的园林亦能有这样的评价。

只是由来景物难驻，人工的建筑与山川相比，往往更易朽坏消散，盛极而衰是个常态。阮元于嘉庆二年（1797）为《扬州画舫录》做过序，道光十四年（1834）重读不胜喟叹，又做了跋，感慨扬州城园林的变迁。他于乾隆五十一年（1786）入京，到乾隆六十年（1795）做浙江学政的时候，扬州“尚殷阗如故”。他曾在嘉庆八年（1803）路过扬州，跟老友们一起游玩平山堂。从那以后，扬州西北郊的园林逐渐衰败，楼台倾毁，花木凋零。嘉庆二十四年（1819），阮元与朋友张维桢一起过渡春桥，有感于园林的凋敝，写了一首诗：

几年不到平山下，今日重来太寂寥。
回忆翠华清泪落，永怀诗社旧人凋。
楼台荒废难留客，花木飘零不禁樵。
别有倚虹园一角，与君同过渡春桥。

翠华是天子仪仗中以翠羽为饰的旗帜或车盖，回忆的是园林全盛之日的乾隆四五十年间，他幼年曾目睹过。二十岁上下虽然闭门读书，但每年都要去几次平山堂游玩。乾隆南巡时，扬州城楼台画舫十里不断，是极盛时。

园林的凋敝源于盐商的衰落，嘉庆年间已见端倪，到了道光十二年（1832），两江总督陶澍废除了纲引制施行票盐法，让小商人也可以凭票贩盐，逐渐打破了盐商的垄断，此后园林更显衰败。阮元《癸卯八月十三日迁居新城徐林门新第》诗“山堂游客废”一句自注：“康山自陶澍清欠帑后，公私皆没入。旧时翠华临幸之地，今亭馆朽坏，荆棘满地，游人限足不到。”癸卯是道光二十三年（1843），曾经迎驾的大盐商江春家也没落了，亭馆自然无人修葺。

之前扬州盐商的生活实在太奢侈了，各种工匠平民依靠的就是以盐商为代表的他人的消费为生。而一旦盐商凋敝，对扬州城的经济造成了相当大的影响。在盐商的推动下，扬州本是个“销金锅儿”，消费型城市，很多普通人的生计就是服务业。但道光年间盐商生意不好做甚至歇业贫散之后，且不说曾与盐商有密切关联的书馆寒士多么清苦，很多普通人也难以糊口。李斗的《扬州画舫录》作于乾隆六十年（1795），正是扬州园林盛衰的转捩点，道光十四年（1834）七十一岁的阮元在云贵总督任上，作为扬州曾经的极盛时期的亲历者，他不禁感慨：“按图而索，园馆之成黄土者七八矣；披卷而读，旧人仅有存者矣。五十年尘梦，十八卷故书，今昔之感，后之人所不尽知也。”

阮元致仕还乡后，又为《扬州画舫录》做了一跋，距书成已有四十余年。他历数还存在的昔日胜迹，说有僧人守护的，如小金山、桃花庵、法海寺、平山堂等，尚在；但凡是商家园丁管理的，大都荒废了，只有尺五楼一家还在。因为旧日豪阔的盐商家没钱整修，所以原本看园子的仆役，从一开始向旧家报告损坏之处，到后来直接拆卖木瓦，加速了园林的破败，倚虹园就是一例。好在阮元告归田里之时，发现楼台虽废，林泉尚多。道光十九年（1839）的夏天，他常常坐着小船出虹桥，眼中绿树满野，绿草满堤，一直到平山堂下，一路上看尽荷花，蝉声不断，船夫请他赐一个船名，他便写了“绿野”二字的匾。他又被人抬着登上尺五楼、延山亭避暑，看着平山的松泉。听到钟声，僧人六舟说像杭州西湖的南屏晚钟胜景。阮元赞同，认为可以叫作“北屏晚钟”。他想，此地如果不拆的话，还可以支撑数十年的景致。虽然易朽，需要借助泉林之胜，但精巧的园林建筑总还能给人莫大愉悦。世事盛衰起伏，在扬州西北郊园林群衰败后，东郊又有何园等处出现，这是后话了。

如今的瘦西湖，尚有卷石洞天、西园曲水、虹桥揽胜、荷浦熏风、长堤春柳、小金山（梅岭春深）、四桥烟雨楼、水云胜概、白塔晴云、凫庄、五亭桥等处景致。湖山交融，园中有园，是集锦式的园林。比如四桥烟雨楼，登楼四顾，南边大虹桥，北边长春桥，西边春波桥和远处五亭桥皆收眼底，吹烟吹霭，宜雨宜晴，颇饶韵致。

如今瘦西湖核心地带的小金山，原名长春岭。镇江有金山，而扬州小金山的规模要玲珑得多，所谓的山是一座四面环水的小岛，有一组依山临水的园林建筑。“梅岭春深”咸丰间毁于兵火，光绪年间重筑。湖心律寺门墙上写着“小金山”三个字，有风亭、吹台、琴室、月观等处，都是效仿南朝徐湛之在蜀岗所造园林之名。最著名的台阁在湖面西延，三面圆门各嵌一景：西面的五亭桥，南面的白塔，北面的水云胜概，这是中国园林借景、框景手法的杰出范例。关于白塔，一向有“一夜造塔”的传说。据《清碑类钞》记载，乾隆南巡来到扬州，某日在大虹园也就是瘦西湖游览，船到五亭桥畔，说这里像北海的“琼岛春阴”，可惜少了一座白塔。接驾的扬州盐商江某重金贿赂乾隆左右，得到了白塔的图样，当即召集工匠，连夜建塔而成。次日乾隆又来游园，赫然发现白塔映入眼帘，大吃一惊。

而“小金山”其名的由来，十分有趣。清代崔应阶有诗云：“青山也厌扬州俗，多少峰峦不过江。”说峰峦嫌此地俗气不肯过江，把扬州地势平坦归罪于扬州盐商的侈靡。扬州人针锋相对，把此地改名小金山，又撰了一联：“弹指皆空，玉局可曾留带去；如拳不大，金山也肯过江来。”上联中的玉局指的是苏轼，他曾做过玉局观提举，这里用了苏轼到金山寺被佛印开玩笑留下玉带的典故。下联则把镇江名胜金山的名字搬了过来。

更有意思的还是徐园的来历。徐园在瘦西湖“长堤春柳”之北，从后门出去，便可到小金山。民国四年（1915）在清初韩园桃花坞旧址上建成。地方不大，设计却十分精巧，但与其他园林不同的是，徐园是个祠堂，是用来祭祀北洋政府第二军军长徐宝山的。这是一位十分传奇的人物。

徐宝山又名徐怀礼，镇江丹徒人，出身贫寒，十五岁开始便游食四方。其人身材魁梧膂力过人，精于剑术，更擅枪法，双手枪百发百中，能够在黑暗中击灭香火，又能以寡敌众，人送外号“徐老虎”。他曾遇到京口驻防旗兵拦路奸污妇女，大怒之下拔刀便杀了旗兵。

光绪十九年（1893），徐宝山因为与人联手抢劫被擒流放甘肃，途经山东时逃脱，从此闯荡江湖，很快成了大盐枭。徐宝山看起来鲁莽，却是个极有心机的人。他本是青帮“礼”字辈大佬，比杜月笙的“悟”字辈高了三辈，上海青帮全盛时期有势力者均与徐宝山有渊源。其人很有战略眼光，先是与洪门的任春山结为异姓兄弟，互相介绍入对方的门派，合开了洪门山头“春宝山”，自己做山主，由此极大地扩大了影响。徐宝山的手下最多时有数万人，七百多条船，长江中下游没有哪个口岸里是没有他的私盐船，没有哪个口岸没有他的势力。

徐宝山不是那种只知道打家劫舍的亡命徒，他有心改变盐枭形象，提议把所贩私盐按船抽成，用以赈济穷人。因此，吸引了一批有才干的人前来投奔，很有点聚啸梁山的意思。他甚至吸引到了保皇党的关注。光绪二十六年（1900）正月，有两个人自称是康有为同党，邀请徐宝山到广东去见康有为。徐宝山不肯妄动，但派出了心腹郑大发到广东去探听虚实。他又给江苏巡抚鹿传霖寄去一封信和一纸告示，自称“两江两湖兵马大元帅”，指责鹿传霖眼睁睁看着光绪帝被囚，有失君臣大义，大谈“仆具有天良，不忍坐视皇上罹戾太子之戚，已定于秋间整我六师，会师江淮，取道北上，以清君侧，而枭奸宄”。这人实在是太有意思了，作为洪门山主，以光绪帝为“圣主”，且说的是半年后起兵，分明是在给官府疯狂暗示。果然，很快被两江总督刘坤一招抚。

徐宝山被招抚，其实是他利用清政府解决了帮会内洪门旧人“清水光棍”和自己的势力“浑水光棍”之间的矛盾。此后他把江淮一带的盐枭、土匪整治得服服帖帖，颇得人心。而到了清政府摇摇欲坠之时，徐宝山又为未来做了另一步谋划。1911年11月，他想尽办法找到同盟会员谈判，摇身一变成了第二军军长，且阻击过张勋的辫子军。但屡次投机的成功，在让徐宝山实力大为增强的同时，却也让他过于相信自己的判断。1912年3月南北议和开始，原本数次通电全国谴责袁世凯的徐宝山突然改口，支持起了袁世凯，次年又把儿子徐光志送到北京做人质，对革命党人的劝说不予理睬。

由于扬州的地理位置，为了扫清北伐的阻碍，1913年，革命党人决定刺杀徐宝山。当时徐宝山命人携巨款去上海买“美人霁”古瓶，据说其信件被陈其美手下截获，于是便将一枚炸弹装入精美木盒中，谎称购得“美人霁”，将信及木盒送到扬州。徐宝山不疑有他，被炸身亡。

徐宝山死后，袁世凯曾亲自写了祭文，追封其为上将，副总统黎元洪等人也为他写了挽联，而扬州官绅把原来冶春诗社诗人集会的桃花坞改建成了祭祀徐宝山的飨堂。徐宝山擅长投机，在做盐枭时，每年冬天给穷苦百姓施舍米粥，遇到水旱灾荒散给米粮面饼。1912年扬州米价飞涨，徐宝山自己筹款平粜，在贯巷花观和石塔寺两处减价卖了一万石米，且规定一人只能买一斗，很好地控制了秩序。1913年又在扬州开办粥厂，由司令部派兵守卫以防拥挤，城中贫民颇得其利。扬州名士吉亮工曾赠他一联：“从来文士唯耽酒；自古英雄不读书。”用了章碣“坑灰未冷山东乱，刘项原来不读书”的句意，把徐宝山比作项羽、刘邦一样的人物。曾经属于盐商巨贾文士官员的瘦西湖，如今湖山胜概中的绝胜之景却归于一位盐枭出身的军长，这或许有点像历史开的玩笑，但也正是历史延续的方式。

糕饵茶香傍市桥

——茶点与市井异人

北宋嘉祐二年（1057），欧阳修在和友人刘敞的诗中写道："积雪犹封蒙顶树，惊雷未发建溪春。中州地暖萌芽早，入贡宜先百物新。""忆昔尝修守臣职（自注：'余尝守扬州，岁贡新茶'），先春自探两旗开。谁知白首来辞禁，得与金銮赐一杯。"这两首诗是《和原父扬州五题》中的《时会堂二首》，因为前一年刘敞做了扬州知州，写了几首有关扬州的诗，其中《时会堂二首》曰："雪霁苍山未有尘。阳崖气色已含春。不关南国年芳早，自有东藩欲贡新。""江涌岷山万里来。地蟠昆岭百寻开。故移蒙顶延年味，共献无穷甘露杯。"这使得欧阳修回忆起自己九年前在扬州的生活点滴，回忆起这些他曾经熟悉的地方。

时会堂是宋代扬州制造贡茶的地方，这两位做过扬州知州的诗人，都曾亲自督采蜀冈新茶。欧阳修的好友梅尧臣也有和刘敞的《扬州五题》，其中《春贡亭》一首云："泊登冈顶看茶生"，《时会堂二首》其一曰："今年太守采茶来。骤雨千门禁火开。一意爱君思去疾，不缘时会此中杯。"而二首题注云："岁贡蜀冈茶，似蒙顶茶，能除疾延年。"从这些和诗中可以看出蜀冈的茶在当时很有名气。蒙顶、建溪都是宋代有名的产茶地，因而举来与蜀冈相媲美。其实，从地理上来说，扬州的位置已经是中国产茶区的北端，但由于地气和暖的缘故，在蒙顶积雪未消、建溪春雷未发的时候，扬州因产茶时间早，所以能早早入贡。欧阳修的第二首诗回忆自己曾经亲自督采新芽，而如今白头到禁中，竟能得到一杯赏赐的扬州贡茶，今昔之慨，不胜唏嘘。

欧阳修自谓"吾年向老世味薄，所好未衰惟饮茶"，茶是他平生所好，不但爱喝，且对水源、茶具、天气都有讲究，所谓"泉甘器洁天色好，坐中拣择客亦嘉"，连客人也要选兴味相投的。因此，梅尧臣赞他"欧阳翰林最别识，品第高下无欹斜"，认为他对茶十分在行。此话并非溢美之词，懂茶必要懂水。欧阳修在扬州任上写过《大明水记》，此文引用了陆羽《茶经》对水之美恶的评价，认为张又新

《煎茶水记》将水排出次序的做法是不对的，并且其中的一些说法，比如张又新所引陆羽能分辨一器之中扬子江南零水和岸边水的区别，在欧阳修看来都是荒诞之说。对于水，欧阳修很有自己的见解。扬州蜀冈大明寺的泉水，被他评点为“水之美者”，是可堪品味的。

扬州水好，那可是公论。元祐七年（1092）苏轼知扬州时，品题大明寺塔院西廊井，认为更胜下院蜀井一筹。此前他因普遍流传蜀冈之水与蜀地相连的缘故，误把蜀井水认作乡味，曾要多多带些过江去。而在苏轼扬州知州任上，另一位诗人晁补之为扬州通判，二人颇有唱和。晁补之在其《扬州杂咏七首》中说“可能辜负大明泉”，对扬州的泉水也颇为推崇。

如果一个地方茶香水好，那么饮茶的风气必然浓厚。虽然宋人喝的团茶已淡出历史，但扬州的茶馆至今依然热闹。而近日扬州城早茶的时尚，可以追溯到清代，而且极讲究面点搭配，连首善之区的京城味道也比不过扬州城里市桥街巷茶桌上的精致美味。

李斗《扬州画舫录》中说，“吾乡茶肆，甲于天下。”洵非夸词。当时的扬州，以开茶坊为业的人不少。城内的茶坊要想做大，需要有景致可观，所以茶肆里的楼台亭舍、花木竹石，包括杯盘匙箸在内，无一物不精美，店家须以此招徕客人。茶肆主人有自己出钱造花园的，有将旧家大宅废园改造为茶肆的。据李斗的记载，扬州出名的茶肆有辕门桥的二梅轩、惠芳轩、集芳轩，教场有腕腋生香、文兰天香，埂子上有丰乐园，小东门有品陆轩，广储门有雨莲，琼花观巷有文杏园，万家园有四宜轩，花园巷有小方壶。还有两家卖素食出名的茶肆，天宁门的天福居和西门的绿天居。而城外占湖山之胜地，以双虹楼为最佳。每家的点心各有特色，比如双虹楼烧饼，开风气之先，有糖馅、肉馅、干菜馅、苋菜馅的；宜兴丁四官开的惠芳、集芳，糟窖馒头好；二梅轩的灌汤包子好，雨莲的春饼好，文杏园的“鬼蓬头”即稍麦（按扬州老辈的说法，不可写作“烧麦”）好，品陆轩的淮饺好，小方壶的菜饺好……至于城内城外的小茶肆，有的做油镞饼，有的做甑儿糕，有的做松毛包子（为了避免包子粘在屉上，故垫上松针蒸熟，而得名“松毛包子”），虽然门脸简陋，每天早上的客人却是络绎不绝。扬州茶肆从那时起就是老辈高谈阔论的场所，清代学者阮元还乡之后，常到北门外下街抱山河乐、乐名茶肆，与耆旧饮茶论文，是为乐事。

这倒与今天的扬州茶社里的情形差不多。就以最出名的冶春、富春来说，冶春茶社有几处，御码头店、虹桥店景观颇佳，临窗而坐，叫上几只蟹黄蒸饺、豆腐皮包、三丁包，烫一碟干丝，再酽酽地沏一杯扬州本地的绿杨春茶，便是一天最好的开始。绿杨春是烘青绿茶，汤色青翠，耐久泡，香气浓重得有山野之味，比一般绿茶滋味厚，搭配汤包再完美不过。汤包是以鲜肉皮冻做馅蒸制而成的，古人于春、秋、冬日肉汤易凝的时候，用洗净的猪肉皮加鸡汁或浓骨汤熬成皮冻，再灌入锣磨细面里做成包子，蒸熟之后汤融而不泻。若是再加了蟹黄蟹肉做成蟹黄汤包，吃完它再尝什么都很难觉得鲜美了。扬州的茶肆，大多能做一手好的灌汤包。咸丰年间，旅居扬州的桐乡诗人严镜清在《广陵杂咏》里写道："扑面风寒冬节交，茶坊一例卖汤包。"古人秋冬之时才能一品的佳味，如今因技术便利，夏天也能吃得到了。

富春茶社在国庆路得胜桥上，每天清晨五点多便需拨开人群寻座位。服务员带着客人穿廊过室，一路所见嚼糕点喝浓茶的客人、坐在门槛上剥鲜河虾的小工，同入一框人间烟火。在这里，早点即有清炒虾仁、糟熘鱼片供应，早茶可以吃上一整个上午，吃得郑重其事，吃得熨帖亲切。

到了富春茶社，必要点一杯他家自制的魁龙珠茶。魁龙珠是三种茶叶的混合：歙县魁针、杭州龙井、扬州珠兰，取魁针之色、龙井之味、珠兰之香，鼻端舌尖香气浓郁，目中翠色可人，再搭配甜润不腻的千层油糕，细嫩咸鲜的翡翠稍麦，不知消磨几许光阴。饮食掌故家唐鲁孙回忆，此茶沏出来如润玉方齑，气清微苦耐久泡，而非青非红，不知是何品种。某次他啜茶时遇见大中华电影公司的导演徐欣夫，徐告诉他，富春的茶叶乃是老板亲手调制，用六七种茗茶按不同比例羼合而成，方子秘不示人，学不来的。由此看来现在的配方还是缩略版。

魁龙珠是富春茶社创始人陈步云的创意。富春在光绪年间原是个花局，因地势轩敞赏花闲游的人多，兼之鼎革之际花业萧条，于是在父亲陈霭亭故后，陈步云开始售卖茶饮茶点，巧思精研。据杜召棠《惜余春轶事》记载，陈步云经营茶社后，见城中惜余春茶社坐客常满，便常去惜余春遍尝诸食，取其所长，回来加以精制。陈步云是个用心的人，富春的那些餐具物什，即使筷子小盏这么小的东西，一天也要洗几次，更不用说桌凳手巾之类。如此用心，不过几年时间，富春茶社便声名大噪，成了扬州城内的新经典。那些抗战后留寓异乡的扬州人，常常思念富春，每每写于诗文之中。

而富春创始人陈步云偷师的惜余春，其老板高乃超是市井中的奇人，长于文史典故的名士郑逸梅、洪为法、孔庆镕、杜召棠等都曾写过他，惜余春和高乃超也入过《江都县续志》，算是给风尘中的畸人留一线余音，为引车卖浆之异者作传。

惜余春在教场北面，屋小于舟，前后只有一间半，前屋一半还设了柜台，后半是厨案，还要向外接出一截屋檐，即使如此，客人也不过仅得容膝之地。这里是扬州诗人聚集的所在，到晚间一灯如豆，不知从何处而来的人往来进出，踏得门槛都要平了。乃至康圣人1921年夏游扬州时，也曾慕名至惜余春小坐，却因衣衫破旧不洁，脸黑发乱有似村学究，遭人疑心是冒名。

惜余春店里四壁贴满了诗笺，不啻诗城。门首窗棂间，到处是各吟社张贴的社课题目。店主人高乃超是福建人，因背部佝偻，人以“高驼子”呼之。他光绪年间来到扬州，靠留声机吸引顾客，颇赚了一笔钱。于是先在教场中心租了怡亭茶社的旧址，开了家可可居酒肆。怡亭茶社以前叫观盛亭，是百年前的老茶社。“高驼子”虽然不是扬州人，但对

“淮扬细点”的贡献不可磨灭。根据老辈的记述，以前扬州的点心都用大笼，从高氏的可可居开始才改用小笼；以前用松毛垫笼，可可居改用白布，是为首创。连富春茶社如今的招牌，号称“扬州双绝”的千层油糕和翡翠稍麦，也是他的首创。

“高驼子”为人颇有古君子风，在开可可居的时候囊中宽裕，所售酒食也相当丰盛。而食客因为主人好客，多有赊欠之举，到期不能偿还，高不过一笑置之，因此填进去不少积蓄，只好缩小范围转开了惜余春。可可居时代面点盛极一时，到了惜余春时代，就不能再卖面点了。开始他还自制一些卤菜酱豆，后来资金越来越少，只能卖炒肉丝、烧豆腐之类。可惜多有辜负好客主人心的人，有些记账的文人，过后境遇好转却依然不想还账，就不再到惜余春去了。“高驼子”要是在街上遇见这些人，一定远远地掉头走开。有人问他为什么，他说：“免得人家顶面见到我难为情。”

陈邦贤《自勉斋随笔》写过：“扬州有一位‘高驼子’，他在教场里开惜余春，每天备点简单的酒菜，招待一班诗友。高先生生平无他嗜好，独好作诗，他专喜和一班诗人接近。那善于作诗的人，大都是穷困潦倒，每天都在那里吃酒吟诗，写下账来三节结算，上节拖到下节，今年拖到明年。高先生便把惜余春几个老本都送给扬州的诗人了！所谓‘知之者不如好之者，好之者不如乐之者’。艺术的欣赏，不必限于文人，什么人他都可以爱好的。”两下相较，总觉得店主可爱而某些诗人可憎。

当时的扬州名士、同治年间进士臧穀曾写过一首诗送给他，很能勾勒高氏的性情：“两间矮屋且容身，除却驼翁俗了人。写上青帘最凄绝，销魂三字惜余春。”这种不俗，何止于名利淡泊，是古之侠士才有的胸襟。据说他能一手挤虾仁一手下棋，棋艺相当高超，此真雅士也。

“高驼子”常一面在柜台里面拣蔬菜，一面低声吟哦，不时地和顾客们斗趣。他有一个朋友叫汪二丘，也善于弈棋，因家住十三湾，所以自号“十三湾里人”。另有一位客人郭某住城外念四桥，号“念四桥头客”。一日，汪二丘出门适逢郭某进门，正在柜台里的“高驼子”高呼汪君留步，汪二丘问他怎么了，他笑道：“眼前不正是一副极佳的对联？十三湾里人才去，念四桥头客又来。”捷才妙趣，大率如此。

虽然诗人中有些赊账不还的显出皮囊下的小，却不料市井中多出义人，比如追随高氏多年的伙计胡三。在可可居歇业时，胡三回乡卖掉自己仅有的几亩田，为主人增加一点资金，他说：“我的主人为了好客亏蚀了资金，我也为了好客的主人卖却自家的田地。”市井中人的仗义，有时竟有直追先秦古风，既不可以利害度量，逻辑上便与安稳现世有别。于不为人所欺的层面上取舍，痴黠之间并无高下。

高驼子这样的人物，以今日的标准评判，是愚不可及的痴人。但古人里自有此一类轻财爱士之人。只是高氏未能生于豪门，又没有非凡之际遇，不能登于青史厕身群贤，只能在尘嚣中当一个不俗的店主，做一做千层油糕、翡翠稍麦。

今古变时容寄啸

——晚清第一名园的与时偕行

扬州园林的知名可谓亘古不变。唐代诗人姚合的《扬州春词》三首其一说："广陵寒食天，无雾复无烟。暖日凝花柳，春风散管弦。园林多是宅，车马少于船。莫唤游人住，游人困不眠。"清明前，春日的扬州城天光晴好，花柳俱发，管弦之声随着春风吹远，园林更使游人流连忘返。唐代的扬州园林早已湮没无存，而清代扬州西北郊园林衰落后，东郊又出一殿军，便是何园。

光绪九年（1883），曾任湖北汉黄德道、江汉关监督的何芷舠归隐扬州，在吴氏片石山房的旧址上建成寄啸山庄。片石山房又叫双槐园，位于扬州城南徐凝门花园巷，原本是康熙年间安徽人吴家龙的园子。据载，园子的二厅之后有方池，池上有太湖石山子一座，高五六丈，十分奇峭，相传为石涛和尚所为，而园西的石山，则是乾隆年间莲性寺僧人牧山的手笔。到了道光年间，园子曾为一个媒婆所得，把大厅房改造成了北京前门外戏园的样子，作为面馆兼戏园。几经周折后，此园被何芷舠买了去扩建为寄啸山庄。因主人姓何，民间称之为何园。

何芷舠名何维键，字芷舠，因以字行，所以提到何园的资料中大都称之为何芷舠。他的孙子在提到“寄啸”的寓意时说，“寄啸”二字与苏州网师园的“网师”、无锡寄畅园的“寄畅”一样，表达的是园主人对当时统治者的不满。“寄啸”二字取陶渊明《归去来兮辞》中“倚南窗以寄傲，审容膝之易安”“登东皋以舒啸，临清流而赋诗”之意——倚着南窗寄托傲世的心意，住在狭小的斗室内也非常惬意；登上东面的高地放声长啸，靠近清澈的水流吟诵诗篇。《归去来兮辞》作于陶渊明辞官之后，因其不能忍受为官的痛苦而“自免去职”，在宁静的田园生活中恬然自适。何芷舠的情形与陶渊明有一点相似之处。

清咸丰八年（1858）《天津条约》被迫签订之后，增开了汉口等十处通商口岸。同治、光绪年间，何芷舠曾任湖北汉黄德道监督江汉关，既是辖管汉阳府、黄州府、德安府三府的道台，也兼任江汉关海关监督。当时英国、美国、法国等国驻汉口的领事馆和设在汉口的税务司，在同清政府官员交涉的时候，经常借故挑衅。据何芷舠的孙子回忆，祖父在任时曾经遇到过一件事——他治下的江夏县县令为人刚正，因某事触怒了某国领事，领事遂要求何芷舠罢免江夏令，被严词拒绝后，领事转身上告，上级官员担心引起争端，要道台衙门照办，何芷舠为此进谏说："罢免一个小小县令是很容易的事，但假如到了日后，不肖之徒借助外国人的力量巩固自己的地位，那到时候我们还能谈主权吗？"这才保下了江夏令。

税务司本来应该是海关监督的助理，但自从咸丰八年请外国人"帮办税务"之后，又成立了由英国人任职的总税务司和各口岸税务司，外国人在很大程度上控制了中国海关的管理权。当时英国驻汉口的领事是查洛纳·阿里巴士德，即阿查立爵士——第二次鸦片战争期间他曾押送两广总督叶名琛前往印度。这位阿查立爵士对中国典籍的翻译颇有自己的见解，辜鸿铭在谈儒家经典英译时多次提到过他，感谢他的启发。阿查立把"仁"称为基督品性，中国的"仁"早在基督出生以前就已存在，使得教士们大吃一惊。而他对《论语》做出过一些有启发的译文，比如对孔子“君子喻于义，小人喻于利”一句，他是这么翻译的：“The gentleman regards what is right，the cad regards what will pay.”——绅士考虑的是什么是正确的，而无赖则考虑得到多少。阿里巴士德对中国文化有一定的理解与认同，并非一味视中国为落后文明。然而学养与立场不尽一致，海关事务便是外交，国体在兹，何芷舠也与阿里巴士德有过交锋。在何家后人为何芷舠写的墓志铭中，这位颇通汉学的领事“好使气难近”，“交涉几微不慎，辄生瑕衅，府君弗阿弗激”。英国领事性情恣意，沟通容易出嫌隙，何芷舠则既不阿谀取悦，也不过分直率。某次海关查处一起内外勾结的逃税案，是汉口一个奸商串通了英国人，假冒其名意图逃避海关征税。海关调验原簿进行核查之后准备处分此人，想不到奸商无视国格，竟然抬出英国人的名号顽抗。何芷舠便将那个给奸商做后台的英国老板驱逐出境，事情处理得相当大胆，叫阿里巴士德无可奈何，保住了一点清朝廷的体面。

何芷舠深感与畏事偷安者难以共处，当时不但外有列强环伺，内部的派系斗争更令人疲惫，加之又念及母亲年事已高，何芷舠索性于光绪九年（1883）49岁的时候回到了扬州。但海关的诸多事务，或许并不是他挂冠的直接原因。

高阳在小说《胡雪岩》中写道，左宗棠因与李鸿章不睦，认为何芷舠是李鸿章的兄长李瀚章一手提拔上来的人："接着声明：因为须赴两江接任，所以传杨宗濂到江宁备询，同时以'贪鄙狡诈'的考语，请旨将杨宗濂'先行革职，听候查办'。此外，汉黄德道何维键、候补知府李谦，都是李瀚章的私人，左宗棠亦毫不客气，对何维键以'庸软无能'四字考语，奏请'开缺送部引见'，意思是请慈禧太后亲自考查。对李谦则谓之'性善圆通、难期振作'，请旨交湖北巡抚彭祖贤'察看'。奏折中还将李瀚章训了一顿。"高阳小说言近于史实——左宗棠确实在赴任两江总督之前这样上奏过。何芷舠原是光绪三年翁同爵保举提拔的，而且在汉黄德道的五年期间，遇到过一次"大计"，也就是每三年一次的外官考绩，因才能、品德俱优而得了"卓异"的评价。"庸软无能"四个字与他的实际表现相去甚远。

"开缺"是去职，与革职的性质不同。"送部引见"则是由吏部引领面见皇帝，由皇帝决定革职、降职、调职、升职还是回任。事实上，左宗棠对何芷舠的评价，与之前几位上司“该道精明稳练、政治勤能，盐司中有为之员”“汉黄德道何维键，该员谙练、精详，才识俱优，办理中外交涉事务亦能悉洽机宜”、“汉黄德道何维键，该员举止安详、吏治明练，办理中外交涉事件轻重得宜”、“汉黄德道何维键，该员才识通达、年富力强，其勤明稳练足以表率属僚”的评价大相径庭。且后两条评语与左宗棠下“庸软无能”四字评语是同一段时间的评价。左宗棠对何芷舠考语，后来的研究结论是查无实据。

何芷舠在其位上“弗阿弗激”，不卑不亢，于狭小空间腾挪辗转，尽量不失国体，这也是他能得到“卓异”评价的原因之一。左宗棠并未真正拿到何芷舠的把柄，但经此一事，何芷舠却对如此仕途失望了——对外不能振起，外务内政要受外国人的控制；内则派系争斗不休，在下位者不管你能力声誉如何，只要被视为某派的人，就不免遭遇倾轧。尽管开缺并不意味着罢官，既可能官复原职，也可能到其他职位上，但何芷舠自己却不想继续宦海沉浮了，于是决定辞官回家照顾自己年迈的母亲。但胸中郁结总需要纾解，便给自家的园子取名“寄啸山庄”，以抒发心中的郁结。当时左宗棠正在南京做两江总督，与扬州相去不远，这“寄啸”二字也有写给总督大人看的意思。

无论主人有何等愤懑不平，何园声名仍来自园林本身，被称为“晚清第一园”。何园主体建筑轩朗开阔，假山回廊精巧幽深，取旧式园林景观之长，又透出新式气息。园北五楹高楼之下的蝴蝶厅，庭前曲池，池上石桥东有水心亭，可纳凉观鱼听剧。东面船厅与牡丹亭相对，阶下鹅卵石与瓦铺成水波纹，厅如船摇水上，故名船厅。廊柱楹联一副：“月作主人梅作客．花为四壁船为家”，是李钟豫集的杨万里和陆游的句子。而正厅用了何绍基书的陆游句“退士一生藜藿食，散人万里江湖天”，也是三平尾，挺有意思。

船厅后假山延伸至何母居住的赏月楼，似断而续。东南隅片石山房的假山叠石出自石涛之手，中间有一孔窍，日光穿过水中现一月影，随人移步而盈亏。这些都是传统园林的经典。但何家主要居住区的玉绣楼，却又融入了西方建筑手法。玉绣楼是两栋前后并列的住宅楼，因在院中种植了广玉兰和绣球花而得名。玉绣楼房间装有双层百叶门窗，室内装有吊灯、法式壁炉和日式推拉门，富有异国特色与现代性。而何园最惊艳的设计，当属围以铸铁栏杆的回廊。回廊全长一千余米，有单面空廊、双面空廊、复廊、曲廊、双层廊、四合回廊，将东西两园与玉绣楼连成一体：可在回廊上看水心亭演剧，可转经山道登楼，可于复道廊中半月台赏月，可借上下层廊壁间漏窗见两边景致。旧式园林住宅与花园分离的布局，被打破了。

清钱泳《履园丛话》说：“造屋之工，当以扬州为第一，如作文之有变换，无雷同，虽数间小筑，必使门窗轩豁，曲折得宜，此苏杭工匠断断不能也，盖厅堂要整齐，如台阁气象。书房、密室要参错，如园亭布置兼而有之，方称妙手……装修非难，位置为难，各有才情，各有天分，其中款奥虽无定法，总要看主人之心思，工匠之巧妙，不必拘于一格也。”何园正是变化多而见主人精神时代气息。就以窗为例，既有传统的长窗、半窗、横风窗、和合窗、花窗、空窗，又有古人从未使用过的百叶窗，与归堂正厅大门两侧，采用了极其昂贵的进口玻璃，采光效果极好。

1936年，扬州近代书画家陈含光在何园雅集的时候，曾有诗称赞道：“华馆当风启，长廊匝水回。跳鱼明镜阁，渡鸟画屏开。檐搁将崩石，阶侵欲雨苔。承平饶物力，结构信雄哉。”“怪石攒云密，奇峰拔地长。匠心闻昔日，妙手自清湘。雪瀑龙湫拟，危栏鸟道仿。古情吾与尔，相对共苍苍。”一再提及何园的假山与回廊。这条回环曲折的回廊作为何园的主要通道，是“江南孤例”，也是何园成为中国古典园林建筑史上“晚清第一园”的重要原因。

作为“晚清第一园”，精美的何园在建造时花了巨款，这可不是穷得家无余粮的陶渊明可比的。何芷舠的父亲何俊担任过两淮盐运使，他自己则长期作为湖北武昌盐法道，都是管理盐运的盐官，但他们同时也是经营盐票的盐商。道光年间陶澍改革盐业，施行“票盐法”，只要拿到地方盐政机关的凭证“盐票”，就可以运销食盐。一张盐票可以运盐十引，一引是四百斤。持有盐票、经营票盐的商人，称作“票商”。认票不认人的做法一开始打破了盐商对食盐收购运销的垄断，造成扬州盐商的萧条。但到同治年间，又退回到了以旧商为主，不再发展新商的局面，这样票商成为世代相传的身份，对食盐运销的垄断可以由子孙继承。票商们拿着盐业票本，不一定本人亲自运盐销售，也可以把票本租给他人，坐收厚利。而盐务官则因职务之便，以与商人联姻或合伙的方式参与到经营中牟利，也成了当时相当普遍的事情。

何芷舠一方面长期在军需、盐运、粮储及海关等要职上任职；另一方面，身为票商的他也为自己积累了不少资本。

况且，何芷舠的夫人孙氏是大学士孙家鼐的侄女，又是李瀚章的干女儿，何家的发展自然很得两位大官僚的助力。

何家是典型的绅商。清末存在一种绅商合流的历史倾向，从士绅阶层中分化出来的一批新人，明显地区别于旧式绅士阶层，但尚未成长为资产阶级。他们一方面有功名官职，活动于官场，一方面又广泛涉足工商业领域，带有明显的近代性。

何家自身即是近代知识分子的缩影。光绪元年（1875）李鸿章委派盛宣怀试办湖北开采煤铁总局，次年正式设局，这是清末洋务派早期创设的官办煤铁矿企业。盛宣怀聘英国人郭师敦为矿师，在广济、兴国两处用土法开挖煤窑四十余座，虽然生产力不高，但对之后湖北的矿业和冶炼业有较大影响。何芷舠对此很感兴趣，在光绪三年（1877）四月十八日致盛宣怀的信函中特意提及此事："承示阮家山、沙坑两处煤层较厚，可供数年开采，兴国亦已买山试办，以中国所产供中国所需，取之无禁，用之不竭，造物固无尽藏，而要惟心存利济者，乃能发造物之藏而善其用，实于国计民生大有裨益。风前引领，钦佩奚如！"虽然湖北开采煤铁总局是个不太成功的开端，但毕竟是开办实业的重要尝试。何芷舠对于实业洋务的态度，有别于保守官僚，受到了时代风气的熏染。

在何园住了十八年后，何芷舠选择在20世纪初举家迁往上海。这固然又受到姻亲张之洞推行洋务运动的影响，同时也是绅商阶层的必然选择——希望在新兴工商界等领域获得更大的空间。何家子女的出路也是如此：何芷舠的长子何声灏曾为翰林院庶吉士，后来成了中国最早的钢铁企业汉冶萍煤铁厂矿公司董事；次子何声焕的长子何世模曾在大清银行（中国银行前身）任股东会会长，何声焕则与儿子何世桢、何世枚在上海创办了持志大学。何家的这些选择，与何园的建筑特色一样，充满了在时代转折大背景下的过渡色彩。

作为晚清园林殿军的何园，是彼时今古交融的珠玉，而至今仍向人间记哀乐的扬州，也将绵延着诗人读者、居人过客的扬州梦。